句会で遊ぼう

世にも自由な俳句入門

GS

幻冬舎新書

278

句会で遊ぼう／目次

はじめに――カンタンだよ、五七五なんて

「俳句でもやろうか」

いったい誰が言いはじめたのだろうか。いまとなっては靄《もや》のなかに紛れ込んでしまって、定かではなくなってしまった。私かもしれない。あるいはいずれ紹介するメンバーのひとり乳井昌史かもしれない。ともあれあるときに、「俳句でもやろうか（「でも」に注目してほしい）」という声が出て、まわりがなんとなく不用意に賛成したことだけは事実である。それがいまも続いている句会の発端である。

多くの著書のほか、新聞・テレビなどを通して小泉武夫（東京農業大学名誉教授）の名前と活躍はご存じだろう。

小泉武夫（こいずみ・たけお、一九四三年〜）は日本の農学者、発酵学者、文筆家。

東京農業大学名誉教授（農学博士）。専門は、発酵学、食品文化論、醸造学。処女作『酒の話』（講談社現代新書）をスタートに、著書は百冊を超える。発酵を中心とした食文化に関する専門書・エッセイのほか小説にも手を染めている。多くの連載を抱え、また全国各地を研究・講演で飛び回っている。

人名事典風に紹介すればこんなことになるのだが、この小泉教授を囲んで、ときおりうまいものを食べつつ酒を飲む会がいつとはなしに行われていた。三、四カ月に一回、気のおけない編集者・新聞記者、あるいは食品業界の小泉ファンなどがわいわいがやがや集まっては気炎をあげていた。教授推薦の東京の「うまいもの屋」で開かれるのも人気の秘密だった。

私と小泉さん（もう肩書きは止める）との関わりは、編集者として講談社現代新書に『酒の話』を書いてもらったことからはじまる。一九八二年刊行だからすでに三十年も前のことになる。お互いに年齢を重ねてしまった。

論文でなく、一般向けの執筆には、小泉さんも苦労したのではなかったか。もちろん、こちらも同じように大変だった。エッセイストとしても大活躍している現在では想像ができきないほど、できあがった文章は硬かったように記憶している。それを何度も直してもらった。同書は長く読まれた。その後の小泉さんの活躍ぶりを見聞するたびに、いつも鼻をぴくつかせていた（俺が第一発見者だという子どもじみた自慢）。その後は、この会に参加している年下の講談社編集者（和泉功）が担当として何冊も刊行させてもらった。

小泉さんは一九四三（昭和十八）年生まれ。私は一九四四（昭和十九）年生まれ。同世代である。野球、映画、歌謡曲、食べもの……共通する話題も少なくない。一緒に席を囲んでいる面々も似たような世代。おいしいものを食べ、昔話をして、三々五々と別れる。それでも充分たのしいのだが、それでいいのかという気持ちがどこかにあったのだろう。唐突に決まった。

「句会をやろう」

俳句をひねったことのあるものは皆無。句会に参加したことのあるものも絶無。教科書で、芭蕉や蕪村、一茶の名前は知っている。「古池や蛙飛び込む水の音」「菜の花や月は東に日は西に」「痩せ蛙負けるな一茶これにあり」などは知っている。みんなそれぞれ教養人だから、そのほか子規、虚子などの名前と活動ぐらいは聞いたことはある。しかし、そういう知識と実際はまったくちがうはずだ。

「おいおい、どうするのだよ」。不安がどっと湧いて出る。そのうち誰か言い出した。「カンタンだよ、要するに五七五なのだろう」。五七五と並べればなんとかなるのではないか。まともに俳句に立ち向かっている人なら、目をむいて怒るにちがいない。まったくの不真面目。なんという不見識。新聞記者や編集者の集まりとも思えない暴言である。俳句がそんなものであるはずがない。世間には言えないほど低レベルであった。つまり私たちの句会は、このようにまことに「いい加減に」スタートしたのである。

ぐたぐたと言っているよりもまず実践、というのは、言葉だけ見ればそれなりに筋が通っているが、心もとない出発であったことはまちがいない。

じつは、私は編集者のかたわら長年短歌を作っている。何冊も歌集を出しており、また短歌に関する評論なども書いてきた。だがもちろん彼らとは、歌人名（小高賢）ではなく、本名（鷲尾賢也）の付き合いである。

長年、飲んだり、食べたりしているのであるから、私が歌詠みであることはみなさんもかすかに知っている。そこで、また乱暴な意見がまかり通ってしまった。

「鷲尾さんが宗匠だな」

短歌と俳句は「似たようなものではないか」というのである。たしかに五七五と五七五七七は形だけ見れば似ている。短歌の七七をとれば俳句だというのが、そのときの主張である。いくらなんでもそれはひどすぎる。

「いや、俳句と短歌はかなりちがいますよ」「俳人に友だちはいるが、俳句はかじったことがない」など、ああだ、こうだと抗弁したのだが多勢にはかなわない。根拠なしに、ともあれ私が「宗匠」に決められてしまった。

「あとは日にちだな」

せっかちな小泉さんが、早速、手帖を出す。殺人的スケジュールをこなしている小泉さんの日程が優先されるのがこの会のルールである。

そこで、第一回の句会が決定したのである。

日程が決まったら、もう心配ないということで、宴席はまた昔話や、最近の政治状況、あるいは世間話にもどり、侃々諤々《かんかんがくがく》、快談で盛り上がり、爆笑が続いたことは言うまでもない。

こんなはずみではじめていいのか

しかし、いったいい句会とはどんなものなのだろうか。誰も不安なさそうに、ぐいぐい酒を呷《あお》っているが、大丈夫なのだろうか。正直言って、真面目に考えるタイプはいない。多くがなんとかなるという気分の持ち主だ。つまり軽いノリだったのである。俳句とやらを経験すればいいのであって、それほど真剣に考える必要もないだろう。そういう雰囲気に包まれていた。

一回やればみんなこりてしまうにちがいない。正直言って、私はそう思っていた。一回ぐらいなら、「宗匠」であろうとなかろうと大差ない。みんなすぐ別なことに興味も移るだろう。だからこそ気楽に「宗匠」役もひきうけたのだが、そうは言っても一回は句会を開かなければいけない。俳句関係の書物をあわてて開いてみた。やはり短歌と俳句はかなりちがう。

俳句も短歌も、結社という組織を中心に活動することが多い。その点では共通している。「秘密結社」などを思い浮かべるかもしれないが、結社は日本の短詩型文学を発展させてきた独特の組織である。指導的歌人（俳人）を中心に、志を同じくするものが集まり、会員から会費をあつめ、機関誌を刊行し、歌会（句会）を行うのが基本形である。指導者の選歌（なかには添削もある）を経て、その機関誌に自分の作品が掲載される。与謝野鉄幹の「新詩社」（「明星」）などがその嚆矢《こうし》と言われている。短歌の「アララギ」（先年、解散した）とか、俳句の「ホトトギス」といった大結社の名前はよく知られている。

短歌でも「歌会」が行われる。だから私は、歌会については充分経験もあるし、いろいろなことを承知している。

短歌の歌会は、多くは結社誌や同人誌に掲載された作品を、お互いに批評し合うシステムである。作者名が分かっている場合がほとんどである。

しかし、どうも句会はちがうらしい。同じ短詩型でも相当異なっていることがだんだん分かってきた。

句会は既発表作品について意見を述べる場ではない。まず、その場で「題」が出て、その会場で実作する。できたてほやほやの作品を、その場ですぐさま選句する。しかも無記名である（名前を伏せてある）。ここまでくると、短歌とはかなりちがうことがよく分かる。

また俳句では、一緒に旅をし、現場で作品を作り、披講することをよく行う。それを吟行という。同じところに行くのだから、似たような風景が作品になってあらわれる。短歌でもそういうことを試みる場合がある。しかし、例外的な実作スタイルである。集団で同じテーマを詠み、同じ場所で発表し、またそこで選ぶなどということは、ふつうはなかなか気恥ずかしくてできないものだ。歌人の神経はかなり繊細なのである(と思いたい)。短歌は一般には、自分ひとりの時間、自分ひとりの場所で作る。その作歌工房の内部は誰にも明かさない。ひそかに作っている。だから当然、発表された作品は個々バラバラである。

ところが句会では、その日に集まり、題が出され、それに即して作る(らしい)。それ以外のスタイルもある(らしい)のだが、あまりよく知らなかった。

作る時間も決まっている(らしい)。しかも、みな同じ部屋で顔を突き合わせながら、五七五をひねり出す。となりの人の作品を覗こうと思えば、いくらでも可能だ。

歌人から言わせると、ずいぶん乱暴な感じがする。よく喋ったりする人が側にいたら、句作に集中できないのではないか(われわれのメンバーにもそういう人がいる)。

つまり俳句は出たとこ勝負の様相が濃い文芸であるという強い思い込みが、私にはあった。即興性の要素も強い。いくら準備しても多くが役に立たない。まさか出題まで予想できないからである。長年のキャリアと力量がそこににじみ出る。ごまかしが利かないのが俳句である(と思っていたのだが、調べているうちにそういう予想がちがってきた。数日前にあらかじめ題を出され、それによって作った作品を持ち寄るスタイルも存在することが分かった)。

短歌は時間をかけ、調べ、韻律をととのえ、人様にお見せできるように、化粧して発表する。詠む対象やテーマも自分で選べる。よそゆきの顔をととのえて外出することが大半である。ところがその場で作り、その場で選ぶのでは、そういう準備の多くは役に立たない。俳句は普段着でどこまで作品が作れるかを競う文学だ。そんな風なちがいがある。

もちろんそればかりではない。ひとりで素材を探り、練りに練って発表する俳句も多いのだという。雑誌などに載っている作品は、短歌と同じように自分ひとりで制作しているようだ。ただ句会はそうではない。仲間で一緒に作り、選ぶのである。そこがたのしいというのである(いや、そこが苦しいのでもあるが)。多分、あとで触れる「座の文芸」ということは、そのあたりと関係してくるのだろう。

うまいものを食べ、酒を飲み、笑い、かつ放談を好むこのメンバーには、その部分だけとりあげれば俳句は似合っている。意味も内容も、精神もちがうが、毎晩のように「座」を開いている。言葉だけなら、「座」が大好きな人々である。

しかし、句会では座に文芸の二文字がつく。つまり、俳句が中心に座る。これとどうやっても向き合わねばならない。芭蕉や虚子という怪物が生涯かけて努力してきた文芸を、ちょっとしたはずみではじめてしまっていいものだろうか。誰も真剣にそこまで思いを深めないところが、われわれのいいところでもあり、われわれらしいところでもある。

苦あれば楽あり体験記

以下、これからのレポートは、いわば各人の悪戦苦闘の句会実況中継であり、同時に、俳句という伝統文学を通して、われら中高年が、いかに愉快に、かつバカバカしく、さらに実りある時間を過ごせたかという体験記である。

句会はもちろん、いまも続いている。句会は苦会であり、苦界だと言いはじめたのはいつぐらいからであろうか。苦あれば楽ありというが、これほど苦しめられながら句会が続いているのは、奇跡のような感じがする（苦労のあとの酒がいかにたのしいかということでもある）。

ただ前もってお断りするが、俳句がうまくなりたいとか、俳句で人生修業をしたいなどという方は、本書を手に取ってはいけません。どうしたら人生後半たのしく遊べるか、たのしく酒が飲めるかなどを第一義に考える人に、ぜひ読んでほしいと思います。俳句のような媒介がないと、われわれ中高年のコミュニケーションは、なかなかうまく運びません。

そういう実践篇として、覗いてもらえるとありがたいのです。

では、「俳句でもやろうか」と言ってしまった顛末記をはじめます（急にですます調になってしまった）。

第一章

はじめてしまった句会

まずは題が必要だ

栄ある第一回句会は、二〇〇五年三月三日だった。雛祭りだが、それにあわせたわけではない。それほど情緒のある人は少ない。たまたま小泉さんの日程にあきがあったからである。場所は、ＪＲ両国駅近くの「両國」といううなぎ屋であった。明治十年創業の老舗である。二階の座敷を借り切って、私たちの大興行？がはじまった。

まず題が必要である。句会には兼題と席題（即題）の二つの方法がある。兼題とは、あらかじめ出しておく題のことを言う。それによって参加者が作って持ち寄る。宿題の発表会のようなものである。席題は、その場で出された題のことを言う。

こういう二つの方式の句会があることも、詳しく知らなかった。知らなかったのがいまから考えると幸いした。前もって句作してくるようなまともな人たちは少ないからだ。どちらかというと、早めに俳句を作り終え、白焼き（「両國」のそれは絶品である）に山葵《わさび》などをからめ、それを肴に酒を飲みたいという面々だからである。

つまりほとんどが即詠タイプである。というより、それ以外はできない人たちかもしれない。いっとき苦労し、うまい酒を飲む。誰もが俳句を積極的にやりたいわけではない。

俳句でも（また「でも」である）やって、遊べたらいいという志向しか持っていなかった。題を出すのは宗匠の役目のようだ。「どうするの？」などと急かされる。出版されている句会記録などを覗くと、宗匠だけが考えるものでもないようだが、当時の私たちにはそんな常識はない。繰り返すが、歌人なのだから俳句についても詳しいだろうという錯覚が、ほかのメンバーには沁み込んでいた。

健気にも歳時記を御守りのように持ってきていたものも何人かいた（数人である！　あとはみな手ぶら！　この暢気さ！）。三月三日であるから、歳時記は春の巻。余計なことを考えずに、それを利用しようと思った。

私の歳時記（文庫本）の適当なページを出席者に言ってもらい、そのなかから題を選ぼうということにした。そうやって、席題を三つ選んだ。あまり知らない、また難解な季語は当然のように拒否された。そういう風潮は以後ずっと続く。むずかしい言葉は必ず忌避される。

歳時記をあらためて読むと、とんでもない言葉が季語になっている。すごいなあと思うことが多い。

例えば、「魞挿《えりさ》す」。歳時記にはこんな風に説明されている。「魞は琵琶湖などに使われる定置漁具。魚の通路に何本もの青竹を迷路のように突き刺し、外側から魞簀を張りめぐらし、入ってきた魚を手網で掬いとる仕掛け。そのための青竹を突き刺す作業を魞挿すという。二月から三月中旬に行う」(『俳句歳時記・春』角川文庫)。例句には、「魞挿して波をなだむる奥琵琶湖」(福永耕二)、「雪の日もまだありながら魞を挿す」(三村純也)などがある。

ほとんど見たこともない風景だし、聞いたこともない言葉だ。俳人は、そういう季語も作品に繰り込んで作っている。もし、私たちの句会の席題になったら、誰も作れないだろう。もちろんその前に、当然のように全員に拒まれるが。

もうひとつ紹介してみよう。「搗布」。読み方さえ分からない。「かじめ」と読むらしい。こんな説明が付されている。「褐藻類コンブ科の海藻で、大きな海中林を作る。関東以南の本州太平洋・四国・九州の沿岸などに分布。茎は円柱状で上部に羽を広げたような多数の葉をつける。似たものに荒布《あらめ》があるが、これは茎の尖端が二叉に分かれている」(前掲書)。「沖かけてものものしきぞかぢめ舟」(石塚友二)、「搗布焚く火にちらちらと腟白し」(野澤節子)という実例が挙げられている。

俳人のすべてが実際を知っているわけではないだろう。一句を作るために現場に出向いているわけでもないだろう。言葉からイメージを膨らませて作句している場合もないとは言えまい。そういうことを知れば知るほど、その想像力に驚嘆してしまう。

私たちはそうはいかない。歳時記から季語を選んでも、「そんなもの知らないよ」「イメージがわかない」。「俳句でもやろう」というメンバーに、それほどの努力は期待できない。季語を選んで、できっこないと言われることもたびたびである。

はっきり言ってみんな下手

そのプロセスを経て、一回目の席題はようやく「ひなが」「やえざくら」「はるふく」に決まった。「ひなが」は日永。永き日でもいい。「やえざくら」は言うまでもなく「八重桜」である。「はるふく」は「春服」。「春の服」でもいい。この三つの季語は分かりやすいし、誰しもが知っている。

俳句には「季重なり」という難問がある。五七五という十七文字のなかに、季節をあらわす言葉（イメージ）が複数あってはなかなか巧みな作品にならない。ルールというか、常識である。しかし、季語の知識を充分に持っていなければそれも分からない。歳時記など開いたこともないメンバーに、厳密にそのルールを守れと言ってもそれほど意味がない。私たちは、よほどの季重なり以外は頓着しないことにした。というより、まあ詳しくは分からないままで出発したというのが正直なところだ。細部の約束事はほとんど気にしないでスタートしたのである。

「目には青葉山ほととぎす初鰹」という名句がある。ここでは「青葉」「ほととぎす」「鰹」という三つの季語が、一句のなかに存在している。そんな事実も私たちを激励してくれる。いい作品ができればいいだろうというのである（初めて俳句を作るのに、古来の名句と肩を並べる図々しさ。その意気込みだけはよしとすべきだが）。

その句会での作品が残っている。第一回句会参加者八名の記念碑的作品である。全部紹介しよう。生まれて初めて作ったものなので、呆れないで読んでほしい。

肉球をねぶり尽くすも日長猫　秋山洋一
春服を着てもおいらは腹ぶくれ
八重桜老夫手を振る朝もある
春服を着てやうれしき鬼子母神
春服もともに嫁ぐと知る日なり

洟《はなみず》や日永の海に鯨哭《な》く　和泉功
八重桜ふぐりの熱をいかにせん
八重桜女房のくさめ夢の跡
木喰は果ての日永を往きにけり
風白し春服ながれ長き脚

八重桜おさなき日々の山辺道　北村行正
雑魚たちが岸辺でたわむる日永かな
春の服ああいつの日か仕立てたい
胸元に目が誘われて春の服
八重桜花の便りに旅支度

電灯におおい被《かぶ》さる八重桜　小泉武夫

隅田川日長の土手に我独り
ふと気付く朝茶の後のひながかな
燗酒を干して気がつくひながかな
春服を着て舞う子らの乾き声

記憶なき老義母《はは》を見舞う日永かな　小島敦
繰り返す八重桜の下ミスショット
いそいそと春服を着て初出社
春の服ぎこちなく着て就職セミナー
ミスショット記憶新たな八重桜

両国や相撲の町も春の服　乳井昌史
春服や愁いの女《ひと》も華やげり
八重桜年増おんなのうとましさ

大川や橋に遊べる日永かな
日永かな大川のぼる千鳥足
輪行し灯火《ライト》を外す日永かな　三島勇
合格や娘《こ》が春服妻涙《つまなみだ》
春服や合格祝う酒あつし
ペダル踏む峠を越えて八重桜
日永かな富士のすそののシルエット

八重桜陽は濃くなりて寛永寺　鷲尾賢也
春服の胸のあたりはさわがしき
春服に着がえるらしき娘はデート
影なつかし父の墓石は永き日に
永き日の風はわが首なですぎる

いま書き写していてかなり恥ずかしい。本当に素人そのものである。学者、新聞記者、編集者と、言葉に関わっているものが多いにもかかわらず、こんなレベルだった。はっきり言って下手。「こんな作品紹介するなよ」と、いまやそれなりに自信のあるメンバーから面罵されそうである。たしかにお世辞にもうまいとは言えない。同じ発想も目立つし、季重なりもある。苦しまぎれに「けり」とか「かな」を使っている。

しかし、それでもみな必死にひねり出した苦闘の跡である。おそらく、「五七五でも」と言ったことを誰しもが反省したにちがいない。文章のプロが多いのにもかかわらず、俳句を作るのがこれほどむずかしいとは思わなかったというのが、異口同音に吐いた感想である。

われわれの制作時間であるが、だいたい四、五十分。夕刻六時がはじまり時刻である。みなそれぞれ忙しい。ときおり遅れるものもいる。それでも優遇はしない。七時ぐらいには締め切るのが、一回目から私たちの決まりである。

この濁りきった視線を見よ

それから選句に入る。俳句のプロはこんなことを言っている。

作句の進歩は選句の進歩に比例する。作句の下手な人には名句が採れない。また選句の拙い人は作句が決して上達しない。下手は下手同士で採りあうのが関の山。選句が拙い場合はおのれの刀でおのれの肉を斬っているようなもので、勝負にならない。従って、選句に対した姿は真剣の切っ先を相手の眼にしずかに向けたときに似ている。ハッという気合いで一瞬に選をすることだ。この緊張の即決が選句の創造を生む。日頃採れない句が見えてくるのだ。自分の中に先入観や邪念や好悪があれば、眼が曇る。他人の作品に向かって、胸が全開していなければならない。

（古舘曹人『句会入門』）

真剣勝負の場が句会であるという。たしかにその通りであろう。比するに、私たちの態度はまさに言語道断。こういう文章に出会うと、「参りました。どうもすみません」とあやまりたくなる。

「下手は下手同士で採りあうのが関の山」。耳が痛い。それにつけても、自分たちの選句姿勢の怪しさ……。ただただ、「俺の句を誰か選んでくれないかな」という曇った視線、いや濁りきった視線だけで、選句に臨んでいたのである(しかも、回を重ねてもこの姿勢はそれほど変わらないとは嗚呼!)。「なにをか言わんや」である。

まあ、作ったのも初めてなら、選句するのも初めてなのだ。許してくださいと、言いたくなる。

この頃になると、テーブルには白焼きが並んでいる。ビール、熱燗。それにさまざまな料理も並びはじめている。「終わった、終わった」と叫ぶように、みな酒を呷りはじめる。

ふつうの句会はどのくらいの作品を提出するのだろうか。私たちは適当にひとり五句にした(後述するが、参加メンバーが増えてきた頃から、ひとり四句になった)。だから八人計四十句のなかから選ぶことになった。そして、いい加減な「宗匠」の独断で、自分でいいと思う作品を三句、そして「ひどい」と思うものを一句選ぼうということにした。つまり〇印三句、×印一句である。ちょっとした思いつきの×印というスタイルがその後、参加者の不安と屈辱をかきたて、波紋を呼ぶのであるが、誰も一回目のときは分からなかった。

披講の司会もなんとなく私に決まった。披講とは作品を読み上げる役のことを言う。〇や×をつけた理由などを会場の参加者に訊ねながら、作品をお披露目する役割である。当然、メンバーは飲みながら、食べながら耳を傾ける。私も食べたい、飲みたいので忙しい。

栄えある第一回トップ賞

選句結果を記してみよう。

第一位は○印が四つもついた「洟《はなみず》や日永の海に鯨哭《な》く」だった。参加者八名の半数の評価を得たわけである。まだ判明しない作者への羨望の眼差し。折角胃の腑におさめた白焼きが動き出す。誰だ、誰だと。

素人目にも風景が大きい。「洟」という些細なものと日永、鯨という大きなものとのとりあわせがいい。風景が見えるようだ。こういった評価する意見が続く。一方で、「どうも嘘っぽい」「聞いたこともないのに、よくこんなこと読めるなあ」「ホントかよ」という突っ込みも入る。

当然、やっかみも多い。やっかみは、くさす鑑賞、さらに言えば、悪口雑言につながる。

風景が大きく、いまいる場所から飛躍できた句として、つい多くの人が投票してしまったのではないか。いまから考えると、「洟」という漢字と「哭く」という大げさな言葉が、衝突しているような印象もある。「洟」（寒そうである）と日永が合わない印象もある。うまそうで、じつはあまりうまくない作品ではないだろうか。

そのうちにどんどん誹謗がはじまる。高点句はとりわけ追及が厳しくなる。いい加減だとか、言葉だけだといった意見も出はじめる。言われてみれば、たしかにあまりいいとは思えなくなる。そのうち投票したことに反省もはじまる。そうだな、あまりよくないな、取り消したいなどといった声も出る。

「他人事《ひとごと》のように言っているが、そういう雰囲気を作った張本人は宗匠ではないか」という声が聞こえる。自覚はないのだが、ついつい、他人の句にきついことを言ってしまったのは事実だ。自分の作品への投票がない恨みだったのかもしれない。でも甘いことを言って誉めたって、おもしろくないだろう。私の責任を一部認めつつ、以後、句会は壮絶な悪口合戦に堕ちていったのである。

一段落すると、では作者はと問われる。「私」と、和泉さんが手を挙げた。この至福の瞬間。なかなか味わえない時間である。栄誉ある第一回のトップ賞になった和泉さんだが、その後はまったく縁がなく、次にトップになったのは一年以上後の二〇〇六年七月であった。そういうものである。調子がいいなどと思っていると、すぐ足をとられる。

和泉功さんは第一回句会当時、講談社の現役編集者。オリンピック出場にはわずかに手が届かなかったというが、昔はスピードスケートの実力者だったという。その世界では名が知られていた（本人の弁を信用すれば）。酒などを飲むと、あれほどきつい競技はないと洩らす。いまはカヌーのプロという。いずれにせよアウトドアタイプ。カラオケもうまい。京都西陣の出身。現在は、出版社を興し、そこの代表である。

句を選ぶのにも力がいる

次は、三点句の「記憶なき老義母《はは》を見舞う日永かな」であった。日々を率直に詠んだ一句であろう。誰しもが分かる平明な内容が、評価を得たにちがいない。高齢社会らしい作品である。

「でも俳句として、どこがいいの？」と、突っ込みも入る。新しくない、平凡、母物映画、お涙頂戴だ……。分かりやすいだけに批判もきつい。内容には感動するが、作品に目新しさはないという意見が次第に強くなる。わが句会は、票が多くても安心できないおそろしさがある。そのうちに「○をつけた奴の文学性の問題だな」など、責任が選句の方に向いてくるところもおかしい。こういうところに私たちの度量の狭さが示されている。俳句に自信はないが、人の悪口を言ったり、欠陥をつく力は人一倍というメンバーばかりだからである。そのうち、「メンバー」ではなく、「面罵《メンバ》ー」という風になった。

「では作者」というと、にっこりとして小島さんが手を挙げた。僻《ひが》み根性のこもったコメントには馬耳東風。点が入ったものが勝ち！といった表情を隠せない。

小島さんは、当時、読売新聞常務取締役。東京外語大ロシア語出身。モスクワ特派員などの経験があるから作品もロシアものが多い。学生時代はボート部。練習場所である戸田での時間の方が授業よりよほど多かったという。記者として原稿を書いたり、他人の原稿を直したりするのはなんでもないが、取材もしないで作品を作ることには、戸惑い以外なかったようだ。福島出身で、小泉さんと同県人でもある。その後、西部本社の社長として博多に赴任する。そのとき、おそろしげもなく、素人俳人たちは送別句会なども行った。たとえ常務であろうとなかろうと、この会は下剋上？誰もお追従を言うものがいない。

「まあ、母親に免じて許してあげよう」で、この作品はおひらきになった。
○印二票が、「永き日の風はわが首なですぎる」「隅田川日長の土手に我独り」「八重桜女房のくさめ夢の跡」「八重桜ふぐりの熱をいかにせん」の四句。鷲尾、小泉、和泉が作者である。宗匠として、ここに名前がようやく出て、面目を失わずに済んだ感じがするが、いま読んでも、どこがいいかよく分からない。私の句だけではない。四句ともかなりひどい。×印が投じられなかっただけでも、よしとしなければならない。品性も感じられないし、洒落た味もない。

作句もむずかしいが、他人の作品を選ぶことも、苦しくむずかしい作業だ。古舘の言う通りである。鑑賞眼のほかにさまざまな要素（教養、類似句の知識）が必要だということを、その後、実感させられた。あとで読むと、うまい作品をかなり見逃してしまっている。いかに選句の力がなかったかの証拠である。

○印一票は、「春服を着てやうれしき鬼子母神」「両国や相撲の町も春の服」「ミスショット記憶新たな八重桜」。うーん、どう考えても、ひどい。秋山、乳井、小島の作品である。

×印への酷評は止まらない

そして、いよいよ×印の披講になる。×をふたりからもらってしまった作品が三句あった。「燗酒を干して気がつくひなかかな」「八重桜年増おんなのうとましさ」「肉球をねぶり尽くすも日長猫」。

はじめの作品は、昼間から酒を飲んでいる。まだ、陽がおちていない。長時間飲んでいることになる。これは小泉さん以外ないだろうなどと、作者がすぐ分かってしまう。にもかかわらず、小泉さんに同情はなく、事実がひらたく述べられているだけで、これが俳句とは思えないという酷評が出る。一生懸命「ひながかな」などと、感動してみせているが、共感できない。切れがない。みな自分のことを棚に上げて、これでもかという酷評を続ける。小泉さんも声がない。

二句目はとりわけ評判が悪かった。八重桜と年増おんな。アナロジーが通俗的。ワイセツ感が漂う。汚れた感じ。しかもダメ押しのような「うとましさ」という結句。粋も軽妙さもない、田舎者の俳句だなど、マスコミ関係者が多いにもかかわらず、差別的表現もどんどん出る。実況中継ができないほど激しくなってくる。

次の句も評判が悪かった。「肉球」は多分睾丸や足の裏のことを言うのだろう。猫の動作の観察だが、どこがいいのか分からない。なにを言いたいのか。ともあれ、くさすことくさすこと。指弾は激烈である。弁護の言葉は、どこからも出てこない。作者である小泉、乳井、秋山はただただ沈黙。無表情を装っているが、内心、しまったなあと思っていたにちがいない。

それに比べて、×印一票などかわいいものだ。

「いそいそと春服を着て初出社」「春服や合格祝う酒あつし」。いずれも素朴すぎる。季が重なっている。言葉と言葉が衝突して、新しい感情や気分がまったく生まれない。端的に言って、まったく下手だ。中学生でも、もっとましな句ができるだろうなどの声が上がる。作者からはしんとして声なし。

ここまで来て、北村さんだけまだ名前が見えない。悪口を言われるのもつらいが、まったく話題にのぼらないのもかなりさびしい。ひとり、黙々と酒を飲むより仕方ない。

ただ見逃しも多い。例えば、「春服もともに嫁ぐと知る日なり」（秋山洋一）など、親の心情がよく出ていてよかったのではないかと、いまなら思うが、その席では無印だった。以後、無印良品にも着目をという雰囲気が生まれるが、どうしても視線が〇と×に集まるのは止むを得ない。

「面罵ー」ならぬ「メンバー」紹介

ほかのメンバーも紹介しておこう。乳井昌史。彼も一九四四年生まれである。弘前出身。小さい頃、本を読んでいると、太宰治みたいになってしまうぞと脅されたという。読売新聞文化部長を経て、現在は母校の早稲田大学客員教授。エッセイストでもある。文化部長時代に、読売俳壇選者の正木ゆう子などとも付き合いがあったと豪語する。西東三鬼、富沢赤黄男《かきお》といった俳人の名をちらつかせ、メンバーを驚かす悪い癖を持っている。といって作品が優れているわけではない。勉強が上達につながらない端的な例。

北村行正。当時、読売新聞科学部長であった。新聞記者にしては珍しく物理工学科というところを卒業している。理科系で新聞記者になろうというのだから、かなり変わっているのかもしれない。最近知ったのだが、三重県津市出身。温暖で、のんびりしている地らしい。たしかにゆったりした大人《たいじん》の風貌（外見だけという声もあり）。山歩きが趣味だそうだが、飲みすぎで、いまや高尾山も無理。新聞社を卒業し、現在、小泉さんの母校で教壇に立っている。

三島勇。文系であるが、彼も読売新聞科学部記者であった。栃木県出身。大きな声では言えないが、上司である北村が、三島を連れていけば、自分がビリになることはないと思ったという（北村と共著の原発の本などもある）。どうも上司の陰謀で参加するようになったらしい。ひどい話だ。新聞社にもそういう上意下達があるのである。新潟支局長となり、しばらく東京を離れたが、そのときほど惜しまれたことはなかった。なぜか。三島さんがいれば×印から逃れられるからである。近年、東京に戻ってきた。全員に歓迎されたことは言うまでもない。しかし、戻ってきたら畑ちがいの総務に異動になり、最近は句会にもなかなか来られない。みんなにいたぶられないとさびしいと泣いている。マゾヒズムの快感が忘れられないのだ（先日また異動になり、来られるようになった）。

秋山洋一。江戸時代から続く老舗「にんべん」の専務取締役、昔で言えば番頭さんである。長身痩軀。誰にも言わないが、股下の長さが自慢の、シティボーイ風である。しかも、三冊の詩集を持つ詩人でもある。それゆえにシュールな俳句を作るのだが、なかなか票にむすびつかない。素人には分からないと、つねにぶつぶつ。たしかに文学的な洒落た句があるのだが、日本酒が林立する飲食盛んな場所に似合わない。

あにはからんやの「またやりましょう」

一回目の句会は、こうやってわあわあしながら九時過ぎに終了。おそらく「両國」のみなさんはいったいなにが起きたのだろうかと思ったにちがいない。大のオトコが口角泡をとばして、言い合っている。そのうちに爆笑が生まれる。たしかに、他人からみればおかしな集団である。あっという間の三時間余であった。うなぎはうまかったはずだが、ほとんど記憶にない。披講するのに忙しかったからだろう。

パソコンで打ち出した記録が残っているが、おかしいことに横書きで記されている。いかにわれわれが伝統文学である俳句について無知であったかを示している。

「俳句でも」という会合はともかく終わった。これで気が済んで、二度と「俳句でもやろう」という声は出ないと思っていた。ところがあにはからんや、小泉御大は、「すごくおもしろかった。鷲尾さん、またやりましょう」と言いはじめた。作品が酷評されたので、発奮したのかもしれない。ともあれいたく気に入ったらしい。これが泥沼のはじまりである。

しかも俳人は俳号というものを持っているはずだ。われわれにも俳号がなければおかしいと言いはじめた。気分が出ないというのだ。

われわれのほとんどが型から入る。釣りをしたこともないのに、釣竿を買ってからスタートするタイプである。先天的というか、いまだ幼児性の残っている存在というべきなのだが、俳号を持つことにはみなも大賛成。

次の句会には、それぞれ俳号を持参して参加するようにというお達しが出てしまった。二回目の八月九日が設定されてしまったのである。長崎に原爆が投下された日であるが、それはまったく関係ない。言うまでもなく小泉さんの空いていた日である。

暑いときだが、猪突猛進型の小泉武夫に撤退という二文字はない。それに引きずられるように、○印の人は夢よもう一度、×印の人はこの屈辱をどうにか晴らしたい、無印の人はなんとか話題にしてもらいたい。それぞれの思いはちがっているが、二回目の句会に気持ちを馳せたのである。これには「宗匠」役の私も驚いてしまった。あてがはずれたのである。以後、ずっと「宗匠」役が続く。まことに「いい加減」である。

立派な俳号までつけてしまった

三月から八月まで五カ月もあった。その間に、俳句を勉強したなどという話は聞かなかった。それもわれわれらしい。気持ちはいかに格好のいい俳号を考えるかに傾注された。芭蕉、蕪村といった巨匠だけでなく、近代の蛇笏《だこつ》、楸邨《しゅうそん》、秋桜子《しゅうおうし》、草田《くさた》男《お》……、有名俳人は、それぞれステキな俳号を持っている。俳句はまずいが、せめて名前だけでも（夢はどんどん膨らむ）。ない知恵を絞ってできた俳号は以下の通りである。紹介しておこう。

秋山洋一（南酔《なんすい》）、和泉功（鬼笑《きしょう》）、北村行正（北酔《ほくすい》）、小泉武夫（醸児《じょうじ》）、小島敦（敦《とん》公《こう》）、乳井昌史（枝光《しこう》）、三島勇（茶来《さらい》）、鷲尾賢也（少賢《しょうけん》）。

作品に比べ、俳号は結構立派ではないか。なかでも鬼笑などすごい。「生きかはり死にかはりして打つ田かな」の村上鬼城を知っていたのであろうか。よほど作品がよくないと名前負けしてしまうだろう。醸造学からつけられた醸児は、それだけでなく、当然、情事を想像させる。敦公は敦煌への思いも秘めているだろう。私は萩原健一をイメージしているわけではない（一応、賢が少ないという謙虚さを打ち出したつもりである）。枝光などは、作品がひどい場合は、必ず思考停止とからかわれる。茶来は雑誌「サライ」のように粋でありたいと思ったにちがいない。北村、秋山のふたりが酔を使っている。酒飲みの集団らしい。そのうち西酔、東酔などがあらわれるかもしれない。

二回目からの参加に平野正明さんがいる。彼は富津《ふっつ》の「山金」という魚問屋の社長である。魚のプロであって、また海、とりわけ東京湾の専門家である。もちろん俳句では、まったくの素人。怖いもの見たさに参加したのか、それとも小泉教授から、「俳句をやらなければ、これから付き合ってあげない」と脅されたのか分からないが、ぎょ正という俳号で参加することになった。

俳号を見れば、職業に誇りを持っていることが分かる。毎回、富津からの参加。酷評されてもめげない。

句会での指名・発言はすべて俳号で呼び合っている。いわゆる実社会でのすべての裃《かみしも》がそこで脱がれている。俳句の前には平等という感じになる。「少賢の今回はひでえなあ」なんて、平気で言う。それがじつにたのしそうである。人間はおもしろい存在だ。

第二章

句会とはなにか

句会とはどんな風にすすめるものか

なんとなくはじめてしまった句会。いい加減なメンバーのうちうちの会合ならそれでもいいが、幻冬舎新書にして刊行するのであるから、ちょっとは調べなくてはならない。句会はどんな風にすすめるのだろうか。俳句入門などには大略次のようなことが書かれている。

①出句

「しゅっく」と読むらしいが、要するに、席題が出され、それに沿って作品を作り提出することを言う。

決められた数の句を、紙を切った短冊に、一枚に一句ずつ書いて提出する。私たちは市販されている一筆箋を使うことが多い。作者名は書かない。出句数は五句が多いらしいが、参加人数によって変わる。先に触れたように私たちも五句だったが、参加メンバーが増えた最近は、ひとり四句にしている。特に断りのない場合を除き、当季雑詠といって、その季節の季語を用いた句を作る。もちろん、作品は縦書きである（偉そうに言うがわれわれも怪しかった）。

句作に呻吟する面々。チェックのシャツは醸児。於都寿司。

②清記

「せいき」と読む。集まった短冊を裏返しにしたまま交ぜ、出句と同数の俳句の書かれた短冊をひとりずつに配り、各自がそれを清記用紙に並べ書き写し、右肩にページ番号を入れる。これで誰の句がどこにあるか、それが誰の句か分からなくなる。

作品が完成したらすぐ飲みたくなる私たちは、作品をみんなで清書するなどという面倒くさいことはなかなかやりたがらない。そこで字のきれいな鬼笑が強制的に指名された。「お願い」。その一言で彼が筆ペンで清書する役になってしまった。もちろん手助けする人もいるが、もっぱら句会での鬼笑マターになっている。若干、申し訳ない

おいしいものに背を向け、黙々と清書する鬼笑。

気持ちである。字が上手なのが仇になったのだ。人生は複雑である。それから、併せて事務局としての連絡、さらには当日の作品を整理し、記録をとっておくのも鬼笑の任務になってしまった。きちんとした性格の人がいないと、句会はうまく続かない。

書きあがるまで、おいしいものがテーブルに並んでいても彼はなかなか箸がつけられない。もっとも最近は、いつの間にかきちんと食べ、かつ飲んでいる。修練というものはおそろしい。

③選句

清記用紙に書いてある句のなかで、よいと思った句を自分のメモ用紙に書き抜いておく。終わったら右となりへ回し、左から

貼りめぐらした作品を眺め、選び、印をつける。

回ってきた次の清記用紙から同じようによい句を書き抜いてゆく。自分が清記したものが戻ってきたなら全部見たことになる。そして、あらためて書き抜いたメモから決められた選句数に絞り、それを選句用紙に記入する。

　結構、そこには手間がかかる。清記用紙を眺めるよりもいい方法がないか。私たちの合理化されたスタイルを紹介してみよう。まず会場の欄間あたりに二段三段に両面テープを貼りめぐらす（できるだけ糊の弱いものにする。あとで剝がすのが大変だからである。さもないと店からクレームもつく）。そこに鬼笑の清書した作品を、よく交ぜたうえで、ペタペタ貼ってゆくのである。出句全体がこれによって一望・一覧できる。

参加者は、それを眺め、読み、ブツブツ言いながら選ぶのである。

すでに言ったように、ルールとして○印三、×印一を短冊の端に自分の俳号とともに記入していく。すべての作品が可視化されることはわれわれの優れた方法だが、若干、まずいところもある。先に選句したものに、どこか影響されるところがあるのだ。例えば、南酔が○をつけた。「どうも、同じように評価するのはシャクだ」などといった邪心の持ち主が多い。「付和雷同」ではなく、どこかしらで異を唱えたいというへそ曲がりが多いからである。だから選句すらつねにがやがや。

文学的香りからは相当に遠い。おそらく永遠に無理だろう。

両面テープに作品を貼りつけるスタイルは功罪相半ばするかもしれない。
④披講
作品の発表である。選んだ句を読み上げる。順不同でやるようであるが、私たちはつねに優勝劣敗。○印の多い作品からはじめる。ふつうの句会はそれほど時間をかけないようだが、私たちはむしろここからが本番である。披講だけでなく、一緒に論評、いや論争・論戦が行われる。読み上げとそのやりとりのさばきは少賢の担当である。

大量の塩と辛子が塗り込まれる

ふつうは披講を十分間ほどで終え、その会の主宰者から講評が行われ、そのあと感想に入る。ところが、私たちは口から先に生まれたような人ばかり。主宰者もいない。しかもみな正直者で、高点句への嫉妬の感情を隠せない。だからそんなに悠長なことをしていられない。

高点句に「いったいどこがいいのだろう」などといった質問がすぐさま出る。すると、票を投じたものが、ここがうまいとか、洒落ているなどと言って、応戦する。そのやりとりがじつにおもしろいのだ。

すでに紹介した第一回句会トップ賞の「洟《はなみず》や日永の海に鯨哭《な》く」もそうだった。参加者の半数の四人が○をつけている。作者を除き、○をつけなかったものが攻撃にまわる。いつもそういう構図が繰り広げられる。

苛烈を極めるのが、×印の披講。かなりひどい作品に、さらに大量の塩や辛子を塗り込む時間だ。どうしたって作者はいたたまれない。「どうかしている」「品性下劣」「月並み」「意味不明」……。これでもか、これでもかと悪口が出てくる。マスコミ業界が多いせいかもしれない。鬱屈している貧しい！精神がこういうところで噴出してくるのであろうか。日頃のなにかを発散する場になっているのかもしれない。

ふりかえってみると、いかに大人《たいじん》の遊びからほど遠いかをあらためて実感する。まあ、そこがおもしろいとも言えるのだが。×をくらったのは運命とばかり、ひたすら沈黙するのが作者のつねである。しかし、たまには作者であることを隠して反撃する勇者もいる。

通人たちの粋で優雅な句会風景

多くの入門書に書かれてある風景は、私たちとちがってもっと粋であり、優雅である。しかも、主宰者の講評が指導につながるので、みな緊張して先生の言うことに聞き入る。

本邦初の句会小説と帯に書かれた三田完『俳風三麗花』にはこんな場面として描かれている。時代は昭和初期。「秋の蚊」「渡り鳥」という席題で、高点をとった主人公ちゑの作品「見下ろせば大東京市鳥渡る」についてのやりとりである。

「さて合評にはいろう。活発なご意見を、ぜひ……」

潮がひくように私語がやむ（醸句会ではそんなことは一度もない）。

「きょう一番高得点だったのは、ちゑ君の『大東京市』だね。天に採ったのは壽子、松太郎君、と。この句の感想をお願いします」

「はい、ええと……、ふつうは空にいる渡り鳥をみあげながら句を作るんでしょうが、この場合は鳥の目から大東京市を見下ろしていて、大変新鮮な印象を受けました。ちょうど、わたしも大東京市の市民になったばかりですので、なんだかお祝いされているようで、嬉しくて天にいただきました」

「松太郎君は？」

先ほどから松太郎の額には汗が浮いている。じつはこの合評が、松太郎は大変苦手なのである。良い句は良い句、気にいらない句は気にいらない、というだけでいいと思うのだが、暮愁先生に指名されてなにも応えぬわけにはいかない。うつむきながらに口をひらいた。

「あの、あたし、この句を拝見した瞬間に、なんだかとてもさわやかな好い気分になりましたので、天にさせていただきました」

「そうだね、大東京市というのが、いかにも広々とした感じで効いているんだろうね」

先生の言葉に松太郎はホッとした思いで、大きくうなずく。

「銀渓さん、いかがですか？」

「新鮮ですね、先ほど壽子さんがおっしゃった鳥の視点が大東京市とあいまって、この句をとてもさわやかなものにしているんでしょうね。年寄りにはとても真似できない句で恐れ入った次第です」

やや長い引用になったが、穏やかで、礼儀正しい。通人の句会はこんな雰囲気なのだろう。ちるゑ、壽子、松太郎（芸者）、銀渓といった参加者は指導者である暮愁に尊敬の念を抱いている。われわれの会とは天地の開きがある。こういう優雅なスタイルにするにはメンバーを総入れ替えしないといけないだろう（いや、披講を交代すべきという声も根強い）。

なぜ「座の文芸」と言われるのか

俳句はよく「座の文芸」と言われる。座とはなにか。そもそも俳句はひとりで作る文学ではなかった。それは俳句の発生と関係している。

文学史の授業で連歌・連句という言葉を耳にしたことがあるだろう。多くの人が集い、五七五（長句）と七七（短句）を集団でリレーし、つなげてゆく雅な遊びである。「百韻」と言って、百句完成するまで続けたという。連歌の簡易版が俳諧とか連句と言われるもので、多くは長短三十六句で構成される。そのなかで、スタートの五七五を発句《ほっく》と言う。季語と切れ字を入れなければいけないとされる。多くは挨拶の句とされる。招かれた客がいる場合には、その客が発句を詠む。

ルールがあり、ここでは恋の句を詠む、ここでは月を詠まなければいけないなどと、句の位置が決められている。座の指導者がそれをさばく。作品が展開しなければいけないので、前の句に付きすぎてはいけない。また、風景や素材が似たようになってもいけない。俳諧とは、そういうことを按配し、気遣いながら、三十六句を集団で作り上げる文芸である。つまり、個人の営為というより、一緒になり刺激し合って新しい世界を創造する、独特の文学形式なのである。

その冒頭の五七五が発句。ちなみに最後の締めの句を挙句《あげく》と言う。よく「挙句のはてに」などと使うが、俳諧の用語から来ている。

三十六句を仲間があつまって作り上げる楽しさは特別のものがあったようだ。芭蕉の旅の大いなる目的は、その「連句を巻く」にあったという。地方の俳諧愛好家たちは、江戸の芭蕉を客に迎え、歌仙を巻くのを喜びとしていた。客として芭蕉は発句を詠む。残されている芭蕉の作品はその発句であることも少なくない。例えば「五月雨を集めて涼し最上川」という句は、大石田の高野一栄宅での俳席での挨拶として作られたもので、それを『奥の細道』で、「涼し」を「早し」という表現に改めたという。

彼らの巻いた歌仙集である『芭蕉七部集』が残っている。古今東西の文学や事象を織り込み、時代を自由に超え、地域を越え、また主人公が代わりながら、全体がある雰囲気で統一される詩。集団で織りなす交響曲のような文学である。『七部集』を読み通したわけではないが、少し覗いただけでも、その文学空間の厚みはおそろしいほどである。

そもそも連句文芸には、連衆《れんじゆう》が寄り集まって創作と享受をともにし、一座の興を楽しむ〝座の文芸〟としての性格と、できあがった一巻の作品を懐紙に浄書《じようしよ》し、もしくは撰集に載せて鑑賞し批評する〝書かれた文芸〟としての性格との二元的な性格が付随している。

（尾形仂『座の文学』）

句会は「座」のおもしろさと、清記してみんなで選句する「書かれた文芸」の二要素を結果としては含んでいる。

しかし、人間はだんだん簡略な方向に傾いてゆく。次第に歌仙を巻くより、発句だけを競うようになる。集団でなにかを作り上げるより、個人の力を誇示することを好む近代という時代が、足音を立てて近づいてきた影響もあるかもしれない。連句ではなく、単独の発句が好まれる傾向は蕪村の時代にことに強くなる。

江戸末期になるにつれ、発句のコンクール化はよりはげしくなる。通俗的な言葉遊び的作品が多くなる。子規はそれを「月並（次）み調」と批判した。

平等で開かれたコミュニケーションの場

そういう歴史をたどると、俳句には俳諧から流れている「集団による文学」の精神がどこかに存在している。おそらくそれが句会にも影響しているのではないか。

句会はそういった仲間とのコミュニケーションの場なのである。句作し、選句をし、合評しながら、お互いに切磋琢磨し、文学の深層を確かめ合ういいチャンスなのである。

文学にかぎらないが、とりわけ現代では、裃を脱ぎ、胸襟を開いて語り合う場面が少ない。役割、地位、収入、学歴、職業、性別……さまざまな自分の背負っている冠によって、言動が縦割りにされがちである。日常的には、おそらく小泉教授を面と向かって批判する人などいないだろう。しかし、作品が悪ければ、句会ではぼろくそに叩かれる。茶来の上司である小島常務だって例外ではない。句会での無記名が幸いしている。これでもかと本音で批判される。そこが率直で、ありがたい。

全員が座の連衆であり、平等で開かれた機会なのである。誉めたり、貶したりする言葉によこしまなものがない。だから、批評を聞くのがたのしい。このおもしろさは格別である。

作句に苦悩しながら、お互いの近況を交わしたり、昨今の政治状況を慨嘆したりすることも少なくない。ぎょ正から、季節の魚のことを聞くのも新鮮である。東京湾のあなごがいかにうまいものかの力説を聞くのも、句会の合間のほんのちょっとしたときである。

似たような世代だから、この頃はどうも回顧談に陥ることが多い。

「粋な黒塀、見越しの松に」という春日八郎のヒット曲「お富さん」の「黒塀」をずっと「くろべい」という人間だと思っていた人がいたという話が出たら、小泉醸児がすぐさま「うさぎ追いしかの山」を長らく、「うさぎ美味しかの山」だと思っていたと披露して句作に没頭しているみんなも大笑い。いかにも食いしん坊の醸児らしい。当時はうさぎを養殖していたから、「美味しい」と理解していてもそれほど違和感がなかったと力説。

枝光からフランク永井の歌謡曲で「かわすささやき」を「かわずささやき」と聞きちがえていて、「かわず」の声が「ささやく」のかなと、疑問を抱いていたと醸児に応える。そういうおかしな話に耳を傾けていると、時間がドンドンたってしまう。句作が追いつかない。合いの手を入れながら、同時に秀句に持っていけるか、結構苦しい時間なのだ。

そのうち、いちばん先にできた、できたと言うのが、きまって醸児。「早撃ちマック」と称して、つねに完成が早い。そして、うんうん苦しんでいるメンバーを邪魔する。どうもいけない癖だ。全国各地のおもしろい話が紹介されるので、ついつい耳が応じてしまう。その結果、集中できず、句作が疎かになる。

会場のどこの位置で句作するか。席順などもなかなかむずかしい。小泉醸児の近辺を避けるのが、われわれの句会では常識になっている。といって、エピソードに耳を塞ぐのはもったいない。その兼ね合いがむずかしい。

おいしいものと酒がつくともっとたのしい

私たちの句会には必ずおいしいものと酒がつきものである。そういう環境も大事ではないか。たしかに清遊というスタイルもあるだろう。しかし、飲みながら、食べながらの合評は得がたい時間である。

先に触れたうなぎの「両國」のほか、日本橋のそば「室町砂場」、鳥越の「都寿司」、浅草の天ぷら「大黒家」、渋谷の居酒屋「奈加野」などで開くことが多い。いずれも小泉さんの行きつけの店。おかしなものを出したら店の沽券に関わるから、腕によりをかけたメニューが並ぶ。いつもおいしいのだが、残念ながら少々忙しい。ゆっくり味わっていると、いつの間にか口撃の対象になっているから油断ができない。

桜の季節には浅草の大黒家で開かれることが多い。隅田川を水上バスに乗って浅草まで行き、舟から土手（といってもコンクリートの堤だが）の満開の桜を眺め、句会になだれ込むというのが、恒例である。コース料理の最後に名物のゴマ油で揚げた真っ黒な天丼が出る。これがたのしみなのだが、じつは披講する私は大変だ。

運が悪いことに私の作品に×印がべたべた（雷門は私にとって方角が悪い。大黒家で開かれるとき成績がいつもよくない）。酷評を受けながら、天丼を掻き込むつらさ。掻き込みながら、司会も続けなければならない。しかも、×印の多い自分の句を。なにを食べているのやら、感触がないのは当然である。成績のよくないときの天丼は非常に困る。

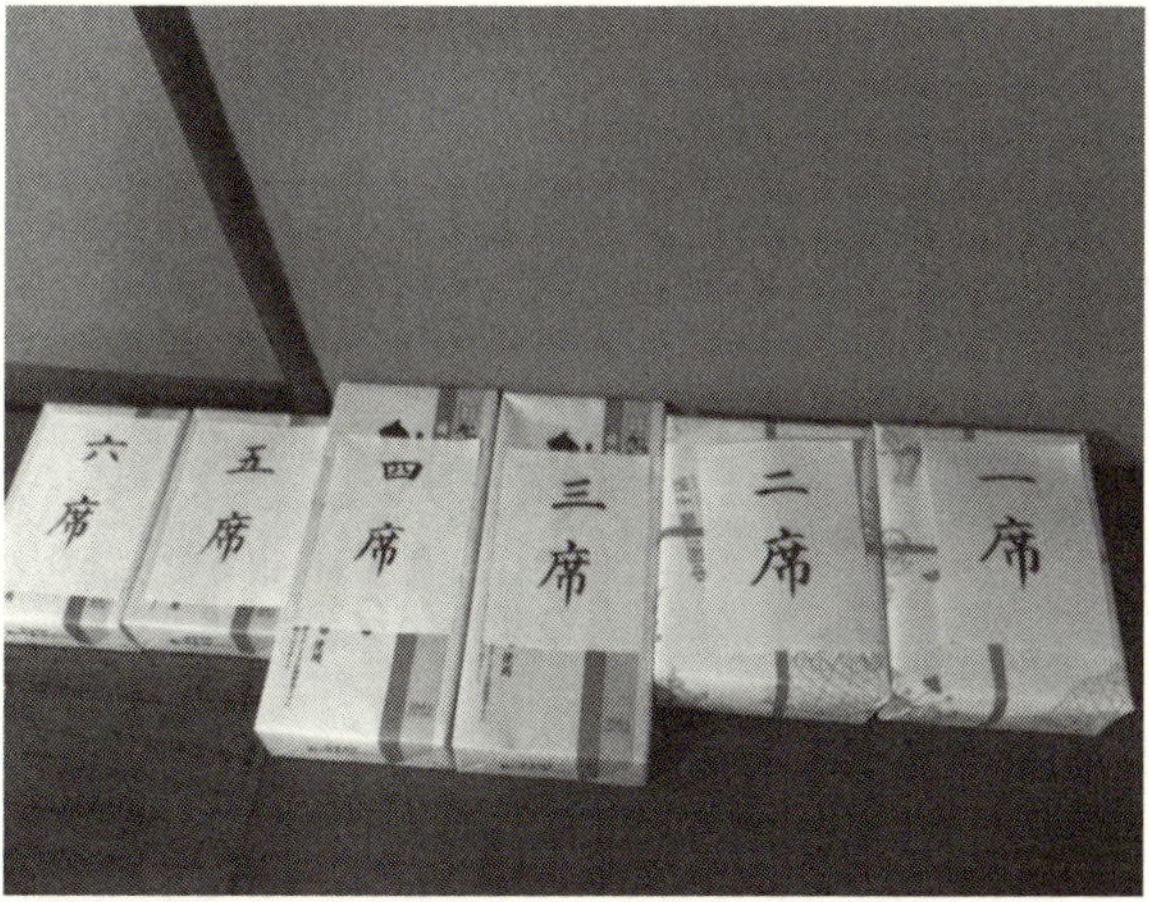

醸児提供の賞品は、醸句会のたのしみのひとつ。

室町砂場のそばはかなり細い。のどにするする入る。これは○×にそれほど影響しない。奈加野の場合は、有名居酒屋らしく、鍋であったり、全国の魚であったり、季節ごとのおいしいものが並ぶ。天丼のように掻き込むものがないだけに、披講司会者には楽である。

一回の食事代・酒代は込みで、五千円から一万円ぐらいか。われわれ中高年の宴会としてはリーズナブルであろう。

もうひとつ。句会のたのしみは、小泉さんから毎回お土産が提供されることだ。全国のあらゆるところからたくさんの酒や名産が、小泉さんを目指して送られてくる。句会の賞品として、それがおすそ分けされるのである。正直、うれしい。手伝いが行くとはいえ、小泉さんが毎回自宅から会場まで運んでくるだけでも一苦労である。にもかかわらず、小泉作品についてもくそみそ。恩を仇で返す。まことに礼儀しらずの面々であることも付け加えておこう。

また、「にんべん」提供のカツブシが参加賞としていつもいただける。家族にはよろこばれるのだが、ときおり、このところカツブシばかりね、などと連れ合いから句作不振をからかわれるのも、つらいところである。

句会はおもしろい。そこにプラスαがあると、余計たのしくなる。

私たちの句会は、おいしいものと酒、そこにお土産までつくというのであるから、これほどまで続いてきたのかもしれない。いや俳句への愛もたくさんあるとあえて言っておきたいが、どうだろうか……。

第三章　どうはじめるか、続けるか

「共同の創作の場」としての句会

坪内稔典という一九四四（昭和十九）年生まれの俳人がいる。代表句に次のような作品がある。

三月の甘納豆のうふふふふ
十二月どうするどうする甘納豆
春風に母死ぬ龍角散が散り
桜散るあなたも河馬になりなさい
春の風ルンルンケンケンあんぽんたん
たんぽぽのぽぽのあたりが火事ですよ

異色の句風である。いわゆる近代俳句的な作品ではないが、なんだか気になる。どこがいいのか、正直、分かりにくいのだが、覚えやすくおもしろい。その坪内に、『俳句のユーモア』という俳句論がある。たくさんの著書がある坪内の代表作であると思う。じつは編集者時代（もう二十年近く前）、彼に催促に次ぐ催促によって、ようやく書き下ろしてもらった一冊である。いま版を改めて岩波現代文庫に収まっているが、その『俳句のユーモア』の骨格に、句会重視の考え方がある。

今日、いわゆる文芸は、小説、自由詩、短歌、評論、随筆などどれにしても、原則として個人が密室で作っている。俳句も個人が密室で作る場合もあるが、一方に句会という共同の場がある。俳句の特色は句会抜きには語れない。

句会は「共同の創作の場」だと強く言う。しかも、そこには無署名、互選、相互批評の原則が貫かれていなければならないと言う。だから、「選句を先生クラスの人だけがしたり、披講の際に作者が名乗ったり、また合評を省いて指導者の意見だけ聞く場合もある。だが、それは本来の句会というよりもコンテストに近くなる」と、句会のあり方に注意を付け加える。こういう箇所を読むと、私たちの句会のあり方が大きくはまちがっていないことに意を強くする（余計な感想だが、多分、戦後民主主義の雰囲気が坪内の意識のなかに沁み込んでいることも大きいだろう。同い年だからそれがとてもよく分かる。権威を嫌うのだ。クラス会など開くと、いまだに「坪内君はねえ」などと白髪の女性にからかわれる世代である)。

すさまじくパワフルだった子規の句会

現代ふつうに行われている句会のスタイルは、いつ頃成立したのだろうか。それほど古くない。坪内によると、ほとんどが子規および子規の周辺でできあがったようだ。

一八九三(明治二十六)年、「椎の友」という俳句グループの会に子規が出席したとき、「運座」という句会の方法を知ったという。運座は、端に題を書いた紙を何枚か用意し、それを順に回して、その題による俳句を次々と作ってゆくやり方である。後には袋のおもてに題を書き、作った句を短冊に書き、袋に入れるようになった。これは袋回しと呼ばれているそうだ。ただ、ふつうは宗匠だけが選句をするところを、「椎の友」は、無署名のまま清記し、みんなで互選していた。

子規たちはそこで学び、運座に熱中した。一八九七(明治三十)年九月四日の句会を、坪内は次のように記している。

その日の参加者は子規、碧梧桐《へきごとう》、佐藤紅緑《こうろく》、石井露月《ろげつ》、若尾瀾水《らんすい》など十二名。熊本から帰省していた夏目漱石も参加した。子規庵の句会は午後の一時から始まるのが例であり、この日も一時頃から第一回目の運坐が開始された。題は「神祭る」「秋海棠《しゅうかいどう》」「すすき」「つくつくぼうし」「野分《のわき》」「犬の死を傷《いた》む」など十題。十の題を出すのが子規庵句会のならわしだった。

彼らの熱中ぶりのすごいのは、続いて二回目をはじめるエネルギーの存在である。今度は、「栗」と「霧」を題にして、それぞれ一題につき十句、三十分ないし一時間の間で作る。そういう句会であった。すさまじくパワフルである。前期高齢者集団の「醸句会」ではとうてい真似できない。そんなことをしたら、疲労困憊、おそらく翌朝は起きられないだろう。

互選で人気のあった子規たちの作品も紹介されている。

山里や一斗の栗に貧ならず　漱石

栗の中に抜け出でし稗《ひえ》を風がふく　露月
通りぬけの寺の小庭や栗畠　碧梧桐
朝立つや主従と見えて霧の中　子規

その日はこれで終わったらしいが、晩飯を食べて、またはじめるなどということもしょっちゅうだったと坪内は書いている。

彼らはもったいぶっていない。その題から思いついたものを次々と句にしてゆく。脳力トレーニングのようでもある。自動書記のような感じすらしてしまう。

「競吟《せりぎん》」という作り方も子規が好んだやり方だったという。これは時間をかぎり、その間にできるだけたくさんの句を作り、競うものらしい。いずれにしろ、青春期の溢れるようなパワーのなせる業である。袋回しも、競吟も、私たちのような熟年世代には似合わない。頭というか脳というか判別できないが、ともかくすべてがかなり硬化しているから、聞いただけで溜息が出てしまう。

ゲーム性を持たせてマンネリを防ぐ

句会にはどこかゲーム性があり、それが参加者を活性化する。やはり坪内の同書で知ったことだが、蕪村の頃から「探題《たんだい》」という方法もあったそうだ。

これは、いろいろな題を小さな紙片に書き記して袋のなかに入れておき、ひとりひとり、袋のなかから抜きとり、その当たった題で俳句を作る。作りやすい題、作りにくい題さまざまだろう。ここまでくると、かなり遊戯性が濃い。偶然性をとても大事にしている。言葉を用意しておくのではなく、内側に潜んでいる言葉や感覚・感情をあるきっかけによって吊り上げる。そのきっかけが題なのである。偶然性が創造力を磨く。おそらくそういう発想なのであろう。

古人が多く工夫していることにつくづく感心する。マンネリを防いでいる。たしかに句会もメンバーが固定され、大体のことが見えてくると、どこか沈滞してしまう。これは俳句にかぎったことではないだろう。活動を続けてゆくと、どんな会でも熱心な参加者とそうでないものに、気持ちの落差、いわゆる温度差が生まれる。熱心なものがそうでない人を無理やり誘ったりすると、そこにギクシャクした感情が生まれる。結果的に、脱落するものが出てきたりする。そういうこともあって、いつの間にか、決まり・規則ができあがってゆく。組織というもののふつうの推移だ。

しかしそうなると、当初あった自由な、伸び伸びした、しかもちょっぴりいい加減な雰囲気は失われてゆく。会を継続・運営するのは意外にむずかしい。

脳力パワーの減退しているわれわれにはチャレンジしにくいやり方だが、競吟、探題などといった方法はそのために工夫されたのだろう。

入門書には決して出てこない刺激策

俳句入門書や句会の案内書には出てこない話題だが、私たちがときおり試みている句会の刺激策がある。

「あいつらこんなことをやっているのか」「不純きわまりない」などと、非難を浴びそうだが、この際思い切って告白してしまおう。「私たちはプロでもないし、俳句をたのしんでいるのだから、なにをやってもいいのではないか」といった居直りの気持ちもあるので、ご容赦願いたい。

じつは、「バレ句」の競作をやっているのである。バレ句とはなにか。広辞苑には「みだらな内容をもつ川柳」と記されている。川柳と俳句のちがいはどこにあるのか。同じ五七五である。しかし俳句と川柳は、発生そのものからちがう。

川柳は前句付けからはじまる。やはり広辞苑の解説を借りよう。

七・七の短句に五・七・五の長句を付ける俳諧の一分野。例えば「斬りたくもあり斬りたくもなし」に、「盗人を捕へて見ればわが子なり」と付ける。元禄頃から庶民間に大流行。のちの川柳はこれを母胎とする。

俳句は俳諧の発句から独立した。一方、川柳は謎掛けのような背景からスタートしている。だから、俳句のような切れ字、季語などの制約がない。しかも口語が多い。そして、滑稽、風刺、諧謔・機知に重点が置かれる。発生を考えると、二つの詩型には距離があるが、現在ではそれが大分接近していて、俳句と川柳の差はかなり小さくなっている。

まあ、抗弁すればこんなことになるが、バレ句でも作って憂さ晴らしをしてみたいというのが、正直な気持ちだったろう。

出来そこないの宇能鴻一郎

みだらな内容と言えば、いまや世間にはとんでもないものが出回っている。インターネット上でいくらでも見ることができる。言うまでもなく、私たちの作りたい句はそういうものではない。

私たちの憧れは、新内とか清元などに出てくる情緒である（その世界に憧れているだけでじつは全員、皆目その世界には無知である）。小説などで描写されている江戸情緒の色気みたいなものに気持ちが動いているだけだ。男女の機微、ふれあい……そんな漠然としたものである（愚かな熟年であると言われるだろう）。

初めてバレ句を詠もうと企画したのは二〇〇六年五月の第七回句会であった。その年の四月、小島敦公が読売新聞西部本社社長として博多に赴任した。日程が合わず、送別会ができなかった代わりに、送別の句を贈ろうと日本橋「室町砂場」で開いた（なかなか友情に厚い醸句会である）。

送別と言いながら、口とはうらはらに「敦公は筑紫に在りて巨人守《がみ》」（醸児）、「敦公の姿に重ね河豚《ふぐ》想い」（北酔）、「梅雨空やトンコトンコと西国へ」（茶来）などと、不心得な句を作りつつ、みなが一生懸命だったのは、もうひとつの主題の方だった。つまり初めてバレ句を作ったのである。「向日葵」と「蚊帳」が席題だった。トップ賞をとったのが、醸児だった。「さすが、その筋の第一人者」などと声をかけられたのが、次の句である。

かやのなか男女《みな》の汗吸う敷布かな

しかし、なかなかうまくいかないものだ。経験の有無かもしれない。枝光の作、「蚊帳のうち水もないのに溺れけり」などがその最たる例だろう。どうもしっとりとした雰囲気、大人の色気というものが出せない。昔の日活ロマンポルノの惹句や出来そこないの宇能鴻一郎ばかりである。よろこんだのは醸児だけという結果になり、しばらくバレ句は話題に出なかった。

江戸情緒に憧れてみたものの……

トップ賞をとった醸児はそのうれしさが忘れられなかったのか、「バレ句をやりませんか」と、たびたびみなに同意を求める。それが功を奏して、第二回のバレ句会が開かれた。桜の季節だったので、場所はいつも通りの浅草の天ぷら「大黒家」。席題は「蜆汁《しじみ》」「春の空」。各自、五句提出のうちバレ句（季題なしでも可）をひとつまぜるという決まりではじめられた。当日提出された各人のバレ句を紹介してみよう。前回より、ちょっとそれらしくなったかもしれない。

一夜経てさし向かいたり蜆汁　少賢
今は見ず春着のすその見えかくれ　ぎょ正
花冷えやより戻したり太り肉《じし》　枝光
胸元をさよりのごとく泳ぐ指　茶来
払暁におみなご泣けり春はゆく　鬼笑
桃色の吐息だという口ふさぎ　醸児
花づかれ男が揚がる大黒家　南酔
蜜求めこころ高ぶる花の宿　北酔

それにしても、どこに「みだら」なところがあるのだ？「オメエラ、たいしたことないな」と、通人に馬鹿にされそうな句が並んでいる。私たちの経験がいかにとぼしいかの証拠である。バレ句とはこういうものなのではないかと一生懸命に頭でなぞった作品が並んでいる。憧れている江戸情緒も、男女のふれあいも、いざ再現しようとするとかなりむずかしい。

最後の作品は当日、いちばんブーイングをうけた（×印を四票も食らったのである）。たしかに「ナマ」すぎる。情緒がない。頭で作っている。下手くそなポルノ小説でも、これほどまずくはないだろう。作者もあらためて「なんじゃこれ」と思ったにちがいない。物理工学出身では仕方がないというのは陰口である。北酔はさぞかしくやしい思いをしただろう。

南酔の作品はバレ句なのであろうか。鬼笑の記録にはバレ句の印がついて、しかも×印が三票も入っている。しかし、どうも当日の記憶がはっきりしていない。意図も意味もはっきりしないから、評判が悪かったのだろう。

いま読んでみても、意味深長だが、作者がおもしろがっているだけで、じつはよく伝わらない。「男が揚がる」ところに、それらしい気分を醸し出したいのだろう。詩人南酔らしい失敗作だろう。

醸児の作品は○印一、×印一だった。「いったい誰だ、こんな句に○をつけたのは」という厳しい質問が出た。高橋真梨子の歌う「金色、銀色、桃色吐息」ではあるまい。しかも「口ふさぎ」と来た。江戸情緒どころではない。三味線にのせるどころではない。散々であった。一緒に笑っていたが、醸児の胸のうちは想像にあまりある。ふつうの句会もなかなかむずかしいが、バレ句もそれに劣らない。粋とか色気とか情緒とかいう言葉をつい使ってしまうが、実際に作品に具体化させようとすると、途方にくれてしまったのがわれわれであった。

鬼笑の句は無印。枝光、茶来の句に一票入っていた。ぎょ正が○印二、少賢に○印三であった。三票の句は雰囲気は出ている。蜆汁という存在と、微妙につりあっている。「一夜経て」が想像できておもしろいと、日頃の宗匠への軽視！にもかかわらず、その夜は過分な評価をもらった。バレ句かどうかは判断しがたいが、男女の後朝《きぬぎぬ》の気配は浮かんでくるだろう。

みんなでうまくならないといけない

小泉醸児は折にふれ、バレ句中心の句会をやろうよと主張するのだが、なかなかそうもいかない。われわれの作品にどこかついてまわる絵空事的傾向が、さらに進んでしまうおそれも否定できないからだ。俳句という文学は、どうもやればやるほどむずかしくなる。

しかも座のメンバーが固定されると、余計にマンネリ感が漂う。遅速があっても、参加者がどこかで、いわば足をそろえて向上しないと、雰囲気が怪しくなる。つまり選句の水準があるレベルで一致しないと、参加者の意欲に影響する。ひどい作品に○印がついたり、うまい作品に×印がついてしまうと、作った方が鼻白む。結局、句会がおもしろくなくなるのである。

やはり、作品はうまくならないといけない。そしてその自信作を見逃さず、誰かが選んでくれたりするとじつにうれしい。また、誰も目にとめない句を発見し、これはいいと合評で主張し、ほかの参加者から賛意などをもらうと、大きな励みになる。

私たちの素人句会でもまったく同じである。回を重ねると鑑賞は上達する。選句の力もついてくる。作品の良し悪しは見えてくる。隠れた良さなども発掘できるようになる。一方、作句は鑑賞力に比べてどうしても進歩は遅れ気味である。他人の句の良さは分かっても、なかなか作れないもどかしさ。それは共通するくやしさである。

編集者・新聞記者・学者が中心の私たちの醸句会は議論活発、縦談横議のグループである（言い方を変えれば、「口舌の徒」の集まりと言っていい）。それもあって批評眼はとても優れている。というか、欠陥をうまく突く。「攻撃は最大の防御」とばかり言いつのる。しかし、意外に純情で、自分の作品については気が弱い。ナルシシズムがないのだ。誉められたいのだが、面と向かって誉められると照れるかわいらしさがある。

別の面で言えば、自己主張が弱いのかもしれない。全員が素人であることの持つ良さであろう。

カルチャーセンターにもある人間関係のしがらみ

俳句をやってみたい。どうしたらいいのだろうか。多くはカルチャーセンターなどを思い浮かべるだろう。いまは、さまざまなところで、カルチャーセンターや市民講座が開かれている。俳句は人気がある。

そういうところではどこでも名のある俳人がいて、体系的に俳句を教えてくれる。句会もそういうリーダーを中心に運営されている。入会すれば先輩・後輩といった場の持つ秩序に組み込まれてゆく。指導者のほとんどは結社の中心にいる俳人である。すると、カルチャーセンターに入ったとしても、いずれ結社に入るという流れになる。結社が持つエコール（流派）もよく分からないうちに、勧められるままに上部団体？の結社の一員になっていたなどということになる。たくさんの結社を比較した上での選択にはなりにくい。

「俳句は好きなのだが、人間関係が悩みでね」などという感想を聞くことが少なくない。場の雰囲気はとても大事だ。いやな人、意地悪なタイプ、上昇志向型、威張る指導者、ゴマする人間……いろいろな性格があるものだ。うまくいかない場合もあるだろう。そのなかで続けるのが大変なこともある。辞めるに辞められない。俳句は好きなのだが、困ったと頭を抱える人も少なくない。

たかが俳句ではないかと言っても、結局、奇妙なヒエラルキーにがんじがらめにされてしまう。私は短歌結社に長くいるので似たような状況は分かるつもりだ。

素人同士、友人同士ではじめればいい

句会はたのしいが、そういう余計なものはない方がいいに決まっている。誰しもがいまさらプロの俳人になるわけではない。そういう点において、「醸句会」はとてもありがたい。まことに平等であり、すべてが開かれているからである。なにを言っても許されている。風通しがとてもいい。

お互いにある程度知っているメンバーではじめたことで、こういう雰囲気に落ち着いたのだろう。私たちには、はじめから社会的な上位下位という序列関係が薄い。しかも、俳句についても同じスタートラインからはじまった。こういうことが、カルチャーセンターなどに見られる好ましくない雰囲気から無縁でいられる背景なのだろう。

「俳句でもやろう」という「でも」の存在はとても大きいと思う。どこか、たかが俳句ではないかという不遜な気持ちを秘めている。だから、自作のまずさへの厳しい批判も気にならない。悪口もスルーできる。笑い飛ばすことができるのだ。

私たちのようなスタイルもあっていいのではないか。市民講座やカルチャーセンターだけでなく、思い切って、すでによく知っている友人同士ではじめるのも一法だと思う。お互いに手探りではじめる。素人同士で作ってみる。そして、みんなで勉強してみる。別に、それだからといって俳句上達に差が出るわけではないだろう。まして、これから俳句でお金儲けができるわけでもない。

長年の友人同士なら、気心も知れている。少々のことで（悪口を言っても）、関係が揺らぐことはない。そこに俳句を持ち出してみる。なかにはそんな面倒なものをやりたくないという友だちもいないわけではない。必要なのは誰かが強引にかつ無理やり進めるエネルギーを持っていることだ。騙されたと思って一回やろうよという熱心さによって、いやだいやだと言っていた人が、俳句にはまってしまった実例をたくさん知っている。

終わったら酒が飲める。みんなと話ができる。そういうたのしみがあるので、句会は続く。そのうちに「俳句でも」から「でも」がなくなり、俳句が手放せなくなる。おそらく多くの俳句ファンはそういうプロセスをたどっているのではないか。

俳句は友人関係を活性化する。また、いままで見えなかった心の内奥や性格、好みなどが明らかになる。それを知ることもまた愉快だ。

コミュニケーションの潤滑油としての俳句。そういう側面を私たちの世代はもっと重要視してもいいのではないか。

歳をとるとは友人が次第に減少してゆくことでもある。だから心おきなく笑える機会はとても貴重である。議論し、笑い、くやしがり、闘志をもやす場所は、もうそうそうない。「座の文芸」とはよく言ったものだ。まさに座ることによって刺激が生まれる。句会は高齢社会を生き抜くための知恵でもある。

第四章

攻撃は蜜の味

ずいぶん俳句らしくなってきた

二回目は鳥越の「都寿司」。おかず横丁という下町情緒溢れた商店街の入口近くである。たしかフジテレビで財前直見、水野真紀、木村佳乃が国際線の乗務員になり、外国旅行がからんだ事件を解決するミステリードラマがあった（「スチュワーデス刑事」）。その財前の実家がすし屋という設定で、「都寿司」が実際のロケに使われたという。

新たにぎょ正が加わり、参加者は計九人だった。記録によると、このときの席題は二つ。「ほたるがり」と「さるすべり」だった。

トップ賞には○印が四つもついた。

蛍狩り抜け出してゆく白き足　枝光

二票獲得が五人いた。

公達《きんだち》にわれなりかわり蛍狩り　少賢

蛍狩り夜叉か菩薩か宵の夢　鬼笑
ほたる狩りかやつる亡母《はは》の懐かしさ　敦公
百日紅《さるすべり》時も止まりし昼下がり　北酔
雑魚干しに丁ほにつかうさるすべり　ぎょ正

枝光には満足そうな笑みが浮かんだはずだ。いまとなって見ると、いかにもという感じの常套句かもしれないが、世代的にこういうあまやかな雰囲気に票を投じる気持ちは理解できる。句会の構成メンバーによって、選句の基準が大分異なることは言うまでもない。私自身がそうであるが、この句会がどこかなつかしのメロディに傾くきらいは否めない。それぞれ自分で警戒しているのだが、いつの間にかそうなってしまう。

母ものは予想通り敦公だった。この頃から、だんだん作品から作者を想像し選句するという風潮が生まれてくる。一回目とは大分ちがう。みなさん、どこかで隠れて俳句入門書を読んだにちがいない。俳句らしくなっているのが、かえっておかしい。ぎょ正の「丁ほ」は誰も知らなかったが、専門用語・業界用語らしい。

これらの句の意味はむずかしくない。しかも情景が見えてくる。また、前回見られたような「や」とか「かな」といった切れ字を無理やり使っていない。素直な句が選ばれたようである。

歴史に残る×印作品誕生

わが句会の大きな特徴は、×印作品の披講と合評である。もちろん○印についての批評も活発であるが、それにもまして×印には旺盛な意見が飛び交う。「人の不幸は、わが身の幸福」ではないが、他人の句に×印がたくさんつくと、おそらくみんなうれしくなるのだろう。それに、作品の良さは見つけにくいが、欠点はたやすく見える。別に、サディズムの性格があるわけではない。

ひどいのから順に合評を思い出してみよう。当日の最高×印作品は次の句だった。

ほたるがりランニングシャツ半ズボン

名詞を三つ並べただけの句である。五七五という字数を遵守した一句であるが、これが攻撃の矢面に立った。攻撃できるとなると、全員どこか勇むのである。幼い頃の思い出であることは分かる。でも、ランニングシャツや半ズボンと、雅な古典的風景である蛍狩りがあまりにも合わない。この作者の蛍狩りはいったいどんなものなのだろうか。季語は夏、半ズボンも、ランニングシャツも暑いときのものだ。三つの季重なりと言ってもいいのではないか。切れもなければコクもない作品の典型……。口撃の舌は緩まない。次第に興奮してくる。ひどい句ということで、これほど息のそろったことも珍しい。

いったい作者は誰だ？　そのとき、茶来がすまなそうに手を挙げた。彼の実体験だと言う。少年時代は、まだ水もきれいだった。夏の宵になると蛍が飛び交っていた。小学生の自分を思い出していた。弁明するうちに、「それで、どこか悪いのか」といささか逆ギレになるのもおもしろい。

たしかに気持ちは分かるけれども、「そのまま」だし、俳句というより五七五に並べただけではないか。「幼い」「拙い」、言われてみれば、まったくそうだ。俳句は五七五によって、ひとつの小宇宙が生まれなければならない。読み終わったあとに、なにかが生まれないといけない。

これをどのように改作したらいいのだろうか。こういうとき、偉い先生はさっと添削するのだろうが、素人宗匠なのでそこまでできない。現時点で読み返せば、まず「ランニングシャツ」「半ズボン」のどちらかを削除すべきだろう。例えば、七音の「ランニングシャツ」を除き、そこにちがうものを入れたらどうか。

ほたるがり声まだ高き半ズボン

こうすれば、声変わりしていない少年の「あっちの水はあまいぞ」といった気分が少し出ないだろうか。「高き」でなく、「高し」とした方が、切れが出るという意見もあるだろう。「まだ高し」がどうも説明的で納得できないなどという感想も出てくるかもしれない。

ほたるがり声はおさなし半ズボン

とするとハッキリするが情緒が生まれない。「おさなし」と「半ズボン」が意味的にかぶる。もっとさりげなく言いたい。もっとちがう情景を入れたらどうか。

ほたるがり八幡様に半ズボン

こうやっておそらく推敲が行われるのだろう。でも、私たちの実力ではなかなかうまくいかない。それに、本人たちも、それほど技術向上に熱心ではない……（いや、異論もある。うまくなりたいという気持ちは人一倍強いが、なかなか思いと実際はちがう）。

芭蕉に有名な改作例があるという。平井照敏『俳句開眼』に紹介されていたものを引いてみる。

山寺や石にしみつく蟬の声　（曾良書留）
淋しさの岩にしみ込せみの声　（「木がらし」）
さびしさや岩にしみ込蟬のこゑ　（「初蟬・泊船集」）
閑さや岩にしみ入蟬の声　（『奥の細道』）

最初の句がどうも実際に作られた原案らしい。たしかに素人目にも、だんだんよくなっている感じがする。ひとつの作品をこうやって練りに練る。俳聖の芭蕉を真似なければいけないが、どうもわれわれにはその心構えが足りない。作っては忘れ、作っては忘れ、というところが少なくないからだ。

俳句は現実から浮上していないといけない

続いて×印の作品。

出勤をやめろやめろとさるすべり
ほたる狩りたのしもうにもにごり川

最初の句の気持ちはよく分かる。さるすべりの花は白か濃いピンクである。夏は早くから陽が高い。その向こうにさるすべりがボーッと見えている。「会社に行くのがいやだなー」という誰しもが持つ日常が、五七五に写されている。なぜ×がついてしまったのだろうか。おそらくメンバーが持っている俳句のイメージとずいぶんちがうからであろう。俳句はもっと軽みがあって、洒脱なものではないか。これは散文的であって俳味がとぼしい。

このあたりから理論家枝光が多用する「俳味」の有無が作品評価にも幅を利かせてくる。たしかに「出勤」の句は現実的すぎる。粋ではない。色気もない。俳句はそういう日常をどこか超越しているものではないだろうか。これは短歌的だ。おそらく宗匠の作にちがいない。名探偵さながらの推理で糾弾されてしまった。

仕切り役の私が、「作者は?」と言い、しばらく時間をおき、しぶしぶじつはと手を挙げた。「それみたことか」と、枝光は得意満面である。

口ごもりながら、「そんなによくないかな、実感があるだろう」と口を挟むと、「世界から飛躍がない。地べたにいるようだ」と、酷評が続く。たしかに初句、二句目、三句目のそれぞれが膠着している。いわば切れがないのだろう。これは改作も添削もむずかしい。このような句にどうしてもにじんでしまう短歌的なものの見方。払拭するのは意外にむずかしい。短歌と俳句の間には、かなりの距離がある。

次の作品も話題を集めた。まず、これは文章になってしまっている。ほたる狩りをたのしもうとしているのだ。だが、もう川がにごっているから、たのしもうとしてもたのしめないという意味だろう。

「それでどうしたの」と反問されてしまう。当たり前じゃないか。どこが俳句になっているのか。

気の毒だけれど、まったくそうである。俳句に理屈はいらない。川がにごっているのは事実だが、そのことと俳句を作ることとは切れていなければまずい。「ほたる狩り」という言葉から、なにを想像し、どんな感情がうごくかを五七五によって表現する。現実から地上何センチか何メートルかは別にして、浮上していないといけない。地べたに立っているだけではいけない。そこが難問なのである。この句は5W1Hの訓練を受けた新聞記者の句にちがいないと看破されてしまった。

案の定、「イヤー、すみません」と恐縮しきった表情で、北酔が挙手をする。二回目となると、批評がうまくなる。コツが分かってくるからだろう。しかし、実作との乖離はなかなかちぢまらない。小生の句を酷評した枝光の句に、次のようなものがある。

衛星や宇宙をめぐる蛍狩り

ランニングシャツという歴史に残る一句があったためで、×印一は幸運と言うべきである。宇宙を回っている人工衛星を蛍と見立てているのだろう。気宇壮大というのが作者の自賛だが、ばかばかしいというのが大方の印象であった。気が利いているようで、少しもおもしろくない。洒落にもなっていない。それに、「衛星や」の「や」はどこかおかしくないか。宇宙と衛星の類縁性。どこから見ても弁護しがたい。

日常から非日常に踏み込む魅力

あと二句に×印がついている。

さるすべりふるさと思う鮮やかさ
百日紅ゆかた娘の歩み去り

「ふるさと」である。敦公ではないかという声が出た。そして、事実その通りであった。「思う」もよくないが、「鮮やかさ」も困ったものである。敦公にかぎらないのであるが、句会に出席しても、なかなか自分の日々から離れることができない。自分を解放できないのである。すると、同じような対象、同じ発想になってしまう。中村草田男『俳句入門』は積極的に句会をすすめていない。「ただ、適当に、補助手段として利用するだけならばさしつかえないかとも考えるだけです」と言って、次のように言う。

しかしながら、いくら面白くても、この句会の方法によるのでは、実景実物を対象としないので、ただ単に頭の中で、それぞれの季題を中心にするいろんな場面を想像してつくるのですから、どうしても無理にデッチ上げたもの——つまり型にはまった、しかもいきいきとした感動のないもの——になってしまいがちです。それをうっかりすると他人にたくさん採ってもらって得意になろうとする、つまらない気分にさそわれて、あくどい、仰山《ぎようさん》な誇張した句になってしまいがちです。

これもまたおっしゃる通りで、私たちの句会に充満している気分がずばりと指摘されている。でも、草田男先生についい異論を唱えたくなる。おもしろくてはいけないのだろうか。メンバーはバカではない。反省もする。もちろん〇印がつくのはうれしいが、あとでじっくり作品を眺め、いろいろなことを考えている。「仰山な句」ばかりに票を投じないようになってくる。それよりもなによりも、句会に参加することによって、日常から非日常に踏み込むことの魅力の方が、私たちにはとても大きかった。

二句目はそれらしくできているのだが、個性がまったくない。この句によってなにかが浮かんでこない。百日紅とゆかた娘が並ぶことによって、別のなにかが発生してこないといけない。それぞれがバラバラに存在しているだけのようだ。

×印には、私たちの悪い癖が鮮やかに露呈している。つまり頭のなかで言葉をひねり出している欠陥が、俳句を作る過程で明らかになってしまうのだ。

空前絶後、ひとりで×印五個

一回目は三月三日、二回目は八月九日。ところが三回目は、十月二十四日。以後、句会は、ほぼ二カ月に一度のペースで開かれることになった。メンバーの熱心さがうかがえる。俳句のどこがそれほどおもしろかったのだろうか。

もう定例にしようということで、この句会にも名前がいると鬼笑が言い出した。それもそうだということで、衆議一決、賞品のスポンサーでもある醸児に敬意を払い、「醸句会」と命名された。誰かが、「冗句会」ではないかと言ったが、それにもまったく同感である。

第三回句会のスターは、メンバーきっての理論家であり俳味を大事にする枝光であった。その日の席題は、「しじゅうから（四十雀）」「ふゆじたく（冬支度）」「しんしゅ（新酒）」。晩秋であるから、冬の季語でスタートした。

四十回近くやってきた句会で、ひとりが一度にこれほど×印を獲得したことはない。前代未聞、いや空前絶後か。×印三、×印二を枝光が一挙に食らってしまったのである。これはぜひともスペースをとって紹介しておかなければならない。

まず×印三の句。

不倫かな老いも若きも船の旅

とても評判が悪かった。まず「船の旅」がはっきりしない。「老いも若きも」には対象が絞られていない。なによりおかしいのは、「不倫かな」である。「かな」は詠嘆の終助詞でもある。「だなあ」「ものだなあ」という風にふつうは受け取る。すると、船旅のなかで、「ああ、不倫だなあ」と感じたことを詠んでいるのだろう。しかも、「老いも若きも」といった説明をつけている。それこそ「俳味」もなにもありはしない。不倫であろうと、恋愛であろうといいではないか。邪推や、年寄りのジェラシーがいやらしい。まさに散々であった。見聞なのであっても、もっと気持ちのいいものを一句にまとめたいものだ。慨嘆しきりである。枝光でもこういう作品になってしまうのか。妙な同情もされる始末。

これだけならまだ救われる。さらに×印二の作品があるのだから悲惨だ。その日の枝光は×が計五個。

当日、茶来がおやすみだったから、出席者八名のうち五人から×をいただいたことになる。かなりの高打率だ。×印二の句は次のような作品。

温暖化それでも急ぐ冬支度

これも俳句の世界ではない。地球が抱えている問題を、ちょっぴり五七五のなかに取り入れたにすぎない。理についている。その軽薄さがメンバーから鋭く突かれてしまったのである。

皮肉が効いたつもりになっている。川柳の出来そこない。「それでも」がひどい。だからどうしたの?と言われてしまうなど、悪口雑言まで入れると大変。頭を抱えてしまった枝光であった。

ちがう自分にならないと俳句は作れない

誰しも経験のあることなのだが、まったく頭が働かないときがある。言葉が動かないのだ。俳句の場面が出てこない。すべてが固まってしまう。そして時間ばかり経過する。五七五にいっこうにまとまらないのだ。あせる。いらいらする。そういうとき、醸児は決まっていちばん先にできあがっている。にぎやかになる。ますますできない。すると、さっきまで考えてきたこととか、数日前に体験したことしか思いつかなくなる。

おそらく枝光もそうだったのだろう。どこかのシンポジウムにでも呼ばれたのかもしれない。温暖化問題のパネラーだったのだろうか。それが船旅だったのだろう。韻文の頭に変化していかない。それを無理に五七五にはめ込む。すると、こういう作品になってしまうのだろう。そんな風に理解すると、ゆとりがないと俳句は作れないことが、身に沁みて分かる。

日常からまず離れて、思考回路をいままでと異なった回路にしなければならない。そして、生活から解放されたのち、ゆったりして頭脳をほぐす。そこで初めて俳句につながってくるのだろう。ようやく作句の時間になる。

ばらばらになりながら、もう一度、自分の気持ちをまとめ、さらには凝縮する。そのプロセスが句会という空間なのではないか。句会という世界に身をゆだね、ちがう自分にならないと、作品はいつも×印を食らうことになる。

要約すれば、芭蕉にとって座とは、その詩情を誘発し、増幅し、普遍化する、いわばかれの詩の成立・定着にとっての不可欠の媒体であったといえる。（尾形仂『座の文学』）

異なった自分に変貌する空間が座なのである。「詩情を誘発し、増幅し、普遍化」する場所！　私たちの句会はどうであろうか。いや、「他人の詩情を封じ込め、停滞させ、邪魔する」空間でもあるかもしれない。

第五章 私たちだってうまくなる!

新メンバーが加わった

いままで、われわれの句会の駄目さ具合を報告してきた。たしかにそういう要素も否定はできない。しかし、われわれだって、それなりに意地もある。くやしさもある。負けたくないという闘争心もある。句会で面子《メンツ》を立てたいという秘めた気持ちもある（本当かという声もあるが……）。

しかも、数年にわたって、二カ月に一回程度、俳句三昧を実行している。実作だって、結構いい句が出はじめている。それも紹介しないと、面罵ー、いやメンバーからどんなことを言われるか分からない。この章では、○印を多くとった句、さらに句会の場では気づかなかった秀句を紹介してみよう。

その前に、醸句会がいかにたのしく、刺激的な空間かということをどこからか知ったのか、新たなメンバーが参加した。いや、騙されて入ってきたのかもしれない。さらには、俳句をやらなければ、今後遊んであげないと脅されたのかもしれない。いずれにしろ、「飛んで火に入る夏の虫」と言ってもいいくらいの新入りメンバーであった。

まず、男の集団に女性として最初に加わったのが、九州別府から参加する麻生昭子さん。

元客室乗務員、いわゆるスチュワーデス。と言っても、もうずっとずっと前のことである。年齢は言わないが、われわれと同世代である。芸能週刊誌によく登場するように、エリートである医者のご主人に機内でみそめられて結婚したそうである(本人の言葉を信用するしかない!)。いまは実力書家でもある。

はっきりは分からないのだが、どこかで醸児と知り合ったらしい。本人の弁では、ある講演会で小泉さんの魅力?に心うたれて、それから追っかけのようなお付き合いがはじまったと言う。子息もJALのパイロット。ときおり、業績不振の日航(以前よりよくなったが)に乗るようにとメンバーにも営業活動、いや脅迫的言辞も吐く。醸句会にかこつけて、じつは東京の孫に会いに上京するのではないかという噂もある。もちろん必ずJALでやってくる。俳句はもちろん初めて。壮絶なパンチを全身に浴びながら、それに屈せず参加する、特攻精神の九州女性である。俳号は翼。いかにも客室乗務員出身らしい俳号であろう(日航ガンバレ)。

もうひとりは水野喜法さん。彼は、食品会社の社長らしい(イズミ食品)。らしいというのは、どうしても社長には見えないからである(いまだ若い感じがする)。どんな食品を作っているのか、まったく知らない。新聞記者とか編集者という存在は、世間から見れば、どこかうさんくさい。アホなことばかりしゃべくりまくり、いい加減な情報で煙にまく。まことに始末におえないものが多い。そのなかに交じって、彼は真面目。北海道はオホーツク近辺の生まれだというから、まことに正攻法の男である。だからこそかもしれないが、翼と同様に、句会での作品はメロメロだった。はじめは俳句らしきものになかなかならなかった。しかし、ほかのメンバーとちがい、あまりにもきちんとしたタイプなので、どうも攻撃の矛先が鈍ってしまう。翼には、俳句はもう止めるべきだなどと、平気で暴言を吐く枝光も、水野さんにはやさしい。おそらく彼と話していると、自分のおろかさをつくづく反省するからであろう。

俳号は出味《いずみ》。自分の会社を大事にしている証拠である。

議論が煮詰まりすぎない人数が長持ちの秘訣

紅一点とこの世の春を謳歌していた翼に、強力ライバルがあらわれた。もうひとりの女性、北村節子さんである。

いまでこそ、女性記者は珍しくないが、彼女が大学を卒業した時代はひどく少なかった（ということは、そこそこの年齢である）。茶来と机を並べていたことがきっかけで、醸句会に参加したという。要するに読売新聞関係者のひとりである。いまは法務省にお勤めである。といってわれわれが罪を犯しても、彼女とのコネが役に立つわけではない。

彼女のもうひとつの顔はアルピニスト。信州出身ということで、高校生の頃から日本の冬山をのぼっていた。仕事がきっかけで、欧州、南米北米、ネパール、ニューギニアなど世界中の山にのぼるようになったという。姿かたちから、そんな猛者には見えないのだが、そのキャリアはすごい。初めて句会に出て、ああ、この程度なら大丈夫と思ったというから、くやしいではないか。

俳号は蒼犬。黙示録やロープシン『蒼ざめた馬』からとっているのだろう。あるいは井上靖『蒼き狼』かもしれない。馬でなく犬にしたのは、自宅の愛犬マルチーズにちなんでいるのかもしれない。

あまりはっきり書きたくないが、こうやってみると、参加メンバーのほとんどは、つまり似たような年齢なのである。だからかもしれないが、女性陣はバレ句にも寛容である。「まあ、いやらしい」などとは決して言わない。にやっとするぐらいである。それはまた怖いものであるが。

ときおり欠席者も出る。だから、だいたい十名前後で句会が開かれる。座の参加者はあまり多くなってもいけない。また、欠席者が多く、四、五名だと、議論が煮詰まり、味が濃くなりすぎる。少し薄味の方が、こういう会は長持ちするのだろう。

中高年のグループは長続きすることが大事である。いまさら高浜虚子にはなれっこない。小澤實にも池田澄子（一応、勉強の成果をお披露目しておく。近年の実力俳人。念のため）にもなれない。俳句を通して、仲よく酒が飲め、いっときのたのしい時間が過ごせればいいのである。といって、決して俳句を弄《もてあそ》んではいない（と思う）。真剣なのだが、大人であるメンバーはどこか肩の力を抜いて参加しているのである。

天真爛漫な幼年時代が偲ばれる醸児の秀句

新入りメンバーの紹介も終わったので、これからわれわれが誇る秀句・佳句を若干ご披露しよう。目を見張る進歩にあっと驚くにちがいない。

まず敬意を払って醸児の句から。

宮ずもう子供雷電ここにあり

席題が「相撲」のとき、高点を獲得した一句。評判がよかったわけは、「子供雷電」にあるだろう。雷電為右衛門《ためえもん》と言えば、江戸時代の信州出身の不世出の大関。おそらく子どものとき読んだ講談の記憶からきている。私もよく覚えている。たしか横綱谷風の弟子であり、相手力士が怪我をするので、「閂《かんぬき》」とか「さば折り」という技が、雷電にかぎり禁じ手にされたというエピソードを思い出す。票を投じたのは、そういったことを知っている同世代だったからである。いまや醸児の腹回りは幕内級である。だから相撲の句には親近感があったのかもしれない。

四国路や今年は埃《ほこり》の御開帳

この句も四票でトップだった。春の気配がたってくる秀作だろう。地方講演も少なくない醸児らしい作品だ。鄙《ひな》びたお寺さんの御開帳。参詣客もそれほどない。だから埃のままに、厨子のとばりを開いたのだろう。有名仏閣の秘仏のように話題にもならない。だからこそ、のんびりした雰囲気が浮かんでくる。四国路が取り合わせとしてとてもいい。

同じ御開帳で高点を得た作品がもう一句ある。出味の「手を合わせ爪先立ちの御開帳」。

これはおそらく人出が多く混雑している名刹《めいさつ》を詠んでいる。いずれも秀句で対比するとなかなかおもしろい。

醸児のもうひとつの側面を紹介してみよう。

それ逃げろ月夜畑の裸の子

少年時代の回想の一句である。西瓜畑などを想像すれば風景が見えるようだ。悪童らと謀り、食べたい一心で夜の畑に盗みに行く。子どもの悪戯心と冒険心。ところが運悪く、番人に見つかってしまった。その瞬間を詠んでいる。皓々《こうこう》と照る夏の月。一目散に逃げる裸の子どもたち。醸児は福島の醸造家の家に生まれた。天真爛漫に育った幼い時代が偲ばれる。情景がよく見える佳詠であるだろう。

こういう句が誉められたときの醸児のなんとも表現しがたい表情は見ものである。恥ずかしいような、また誇らしいような笑み。こういうことがあるから句会は止められないのである。といってこういう幸せな場面ばかりではない。

何度も言っているが、醸児はともかく作るのは早い。「早撃ちマック」と自称しつつ、宿題を早く終えて、悪戯していた子ども時代そのままで、苦吟している仲間をいたぶる。邪魔するのがたのしみで速吟しているのではないかと、疑われるくらいに早い。推敲があまり好きではないようだ。いま挙げた作品のようにはまるといいのだが、空振りも少なくない。無印も多い。

話題になったひどい句も挙げておこう。

冬の日のギャオーニャーニャーと猫の恋

これは×印を二票食らってしまった。「ギャオーニャーニャー」が悪評だったのだろう。もっと×印がついてもいいかもしれない。

エッセイの書き手としての名はよく知られている。いつも「ああ、うまそうだな」と思わせられるのだが、その文章の秘密に小泉流擬音がある。「飯はすっかりそのうま汁を吸い込んでトロトロボッテリとなり」「熱いのでハフハフしながら」「鼻から熱い吐息をピューピューと出して」といった独特の表現が、こちらの食欲を刺激する。しかし、この擬音は、どうも俳句には逆効果のようだ。十七文字のなかで、擬音語擬態語は俳句の持つ空間を壊してしまうのではないだろうか。よほど覚悟して使わないと、ほかの言葉を殺しかねない。

「うまさ」の壁に挑戦した南酔の秀句

では南酔はどうであろうか。

夏の海の音する
埋立地に張りめぐらされた
荊棘《けいきょく》線
焦げた町の空地にも
丘の女子高校のグランドにも
酷薄な空と棘の鉄線
その痛い五線譜を巻きあげ
お姉さんの狂った歌のように
蜂起する鉤爪のように
膚に透ける血の筋のように

青い毛の蔓は巡り葉は繁り
いちめんに
コヒルガオの桃色の花さく
その桃色の中で考える

これは秋山洋一詩集『沖見る猫』のなかの「考える人」という一篇の一節である。どこかなつかしい気分が詩の裏側から透けて見えるだろう。これは戦後の風景である。焼跡でもあったのだろうか、それはたくさんの原っぱでもあった。秋山少年の格好の冒険場所だったのだろう。かすかに性の匂いも漂ってくる。

しかし、南酔はそういったナマの感傷をあまり俳句のなかに持ち込まない。詩人の矜持なのであろう。表現の工夫・推敲ぶりは、枝光と双璧である。ただそうは言っても、メンバーから評価されるとはかぎらない。推敲倒れということが往々にしてあるから、句会は困ったものだ。自信作が選ばれない。時間がなくて、じつにいい加減に作った一句が、思わぬ賛辞を受けることは珍しくない。自分の感覚と座の雰囲気、あるいは同席する人々の好みとは相反することが少なくない。

暫くは襟巻き取りて息を継ぐ

冬の風景である。いろいろなことが想像できよう。待ち合わせ時間に遅れた男。小走りにやって来た。悪い、悪いなどと言いながら、襟巻きを取り、大きく息をついた場面という風に読んだ。スナップショットのように場面が鮮やかに切り取られている。なんでもないようだが、弾む息、その息の白さ、男女の姿が目に浮かんでくるだろう。うまい句だと思う。そこに票を投じたメンバーの眼力もなかなかだと感じる。これは二〇〇七年十二月の第十六回の例会の一句である。十六回も重ねてくると、こういう句をうまいと感じるようになってくる。これを進歩と言わずして、なんと言うのか（南酔の作品を借りて、われわれの選句眼のかなり自慢！）。

夏萩の道せばまりてやがて消ゆ
里に入り里出づるまで曼珠沙華

第二十回、第二十一回と続けてトップをとって、まわりからかなり嫉妬と顰蹙《ひんしゅく》を買った作品。双方とも作り方が似ている。南酔が、こうやって句作すればいいのだなというコツを見せてしまったところがある。うまいのだが、いまから見ると新鮮さに欠ける感じがしないでもない。安定しているが、誰が作ってもいいような風景である。近代俳句的秀句かもしれない。だからそこが難点なのだろう。簡単に個性と言ってはいけないのだが、私たちの句会の作品としてみると、おもしろくない。こういう俳句ばかり出詠されたら、飽きてしまうだろう。南酔の詩的力だと、この程度はクリアーしているのだろうが、本人はもちろんまわりも、なにかどこか不満なのである。

そういうこともあり、次のような句によって挑戦するところが、詩人南酔である。

すさまじき毛の足見せて秋の蚊帳
秋の蚊帳どこかに崖の匂いする

これは第二十七回で、二作とも三票を獲得したものだ。萩や曼珠沙華の句とかなりちがう。世界が拡張している。最初の句は、あえて俗に向かっている。刺激的だった。俳句はこういうところも詠める。

二番目の作品は強引な決めつけ方だ。「蚊帳」と「崖」。それを取り合わせている。「崖」だけではなく、「崖の匂い」とまでしている。かなりシュール?である。それが逆にリアルに感じられたのだろうか。無理な付け合わせ?かもしれないが、説得力を持ってしまった。このあたりにくれば、現代俳句の議論の対象になるのではないだろうか。なかなかの腕前ではないか。南酔の問題句をもうひとつ挙げてみよう。

秋つばめ借り返したいもう遅い

「帰燕、秋つばめ」という題によって作られた一句である。これは〇印二、×印四という風に議論が分かれた。どこで意見が分かれてしまったのだろうか。

リズムはいい。口調もいい。そういうところが〇印二票を得た理由だろう。一方で、「借り返したい」という口語的発想は気になる。しかも、どんな借りがあったのか、あまり具体的ではない。そこが不満を感じさせるところだ。そして、「もう遅い」と結論づける。もやもやしたまま、作品を終えてしまう。だから作品の背後から余情がどうも漂ってこない。口調に寄りかかっていて、新鮮さに欠ける。おそらく座のメンバーの不満を代弁すれば、そういうところになるだろう。

「配合の妙」とアナロジー

俳句は分かればいいというものではない。分からなくてもいい句があるのは言うまでもない。といって、逆に難解であればいいというのではない。小西甚一が名著『俳句の世界』（講談社学術文庫版）「再追加の章」で、「粉屋が哭《な》く山を駆けおりてきた俺に」という金子兜太《とうた》の俳句を例にしながら、次のように言っている。

この句に対して、わたくしはさっぱりわからないと文句をつけた。そもそも俳句は、わからなくてはいけないわけではない。わからなくても、良い句は、やはり良い句なのである。ところが、その「わからなさ」にもいろいろあって、右の句は良い句にならない種類のわからなさでありそのわからない理由は、現代詩における「独り合点」

の技法が俳句に持ちこまれたからだ。

そう言って、村野次郎の言葉を借りながら次のように結論づける。

> 前衛の俳句の表現は、視覚的イメィジ（ママ）と論理的イメィジとを比喩《メタファ》の技法で調和させようとするものだが、それは、ひとつのものと他のものとの類似相をつかむこと（アナロジイ）に依存するから、もしアナロジイが確かでないと、構成はバラバラになり、アナロジイに普遍性を欠くと、詩としての意味が無くなる——とするコンテクストのなかでなされたものである。パウンドの「人ごみのなかのさまざまな顔のまぼろし（中略）と「濡れた黒い枝の花びら」とは、満員車輛の窓ガラス越しに犇《ひし》めく顔・顔・顔（中略）の論理的イメィジが次行の視覚的イメィジと実に適切なアナロジイを形成する。よく比較するがよろしい。

そのパウンドよりもいっそう適切なアナロジイを、もっと多く生みだしていたのが芭蕉の「配合」なのだから、直接に芭蕉を勉強したら、前衛俳句のお為になりますよ——と忠告したのが、わたしの兜太批判の要旨であった。

「秋の蚊帳」と「崖の匂い」との関係はまさに「配合」の問題だろう。今風に言えば、二物衝突ということに近い。

どうしても私たちは説明したくなる。だから初句から結句までがひとつの棒のようになってしまう。句と句の間にアナロジーが成立しないのである。おそらく「秋つばめ」の平たい感じは、句と句の間が膠着しているのではないだろうか。だからイメージが立ちにくいのだ。「四国路や今年は埃の御開帳」という醸児の高点句も、「四国路」と「埃の御開帳」の配合の妙であることはまちがいないだろう。「や」という切れ字もこの場合、非常に効果的である。春の四国ののんびりした風景と鄙びた寺がすぐさま立ち上がってくる。

私たちはこのように分析はできる。小西甚一の中身もよく分かる。しかし、残念なことにいざ実作になると、「かーっ」としてしまい、最後は時間に追われ拙い作品しかできない。まあ、実力などというものはそれほど簡単につくわけではないが、やはりさびしいものだ。

日頃は見えない人間性が映し出された鬼笑の秀句

もうひとり、鬼笑の作品を紹介しよう。第一回句会のトップ賞のことはすでに紹介した。清記役でもあり、一切の連絡なども請け負ってくれる、まことにありがたい存在である。彼なしで醸句会が運営できないことは言うまでもない。しかし、四十回近くの句会で、鬼笑はなかなか高点がとれていない。どうもメンバーと波長が合わないのかもしれない。「俺の良さをどうして分かってくれないのか」と地団太踏んでいるだろう。

秋の雲椅子も机も無口なり

さらっとしたさわやかな作品である。「椅子も机も無口なり」という感覚が評価された。これも「秋の雲」との配合なのだろう。いろいろなことが想像できる。放課後の学校かもしれない。生徒は教室にはいない。グラウンドからは声が聞こえるが、教室はしーんとしている。そういう雰囲気が伝わってくる。

○印三でトップ賞をとった句は次の作品である。

寒雷や尿《いばり》の湯気と武者ぶるい

男なら誰しもが経験していることだろう。寒い夜。トイレに立つ。排尿するとさらに寒くなる。寒雷と見合っている。トイレの窓からぴかっと光る光景が見えたのかもしれない。実感がこもっている。しかし、鬼笑の志向はこういうところにはどうもない感じがする。率直さとか実際の風景よりも、もう少し観念的なものに気持ちが動くようだ。例えばこういう作品である。

桜花義眼で見るや現《うつつ》の世
天地《あめつち》のふちに咲きたる曼珠沙華
鷹狩や本能《いのち》に響く笛一閃《いっせん》

いずれも〇印が二、三票入った作品である。ここに鬼笑の特徴がよく見える。「義眼」を桜という季語に取り合わせる。「天地」を「あめつち」という。あるいは「本能」に

「いのち」とルビを振る。構えが大きい。また漢語を好む。厳密に調べたわけではないが、ひらがなの比率がメンバー中でいちばん少ないのではないか。がっちりした作品が好みのようだ。日頃の如才なさ、応対のやわらかさと異なった彼の芯のようなものがそこにある。

短詩型文学はこういうところがおもしろい。つまり作品にいやおうなく人間性が露呈してしまう。俳句（短歌も同じである）をやっているからといって何の得にもならない。お金も稼げない。得られるのは、ただただ自分の満足と他人の評価だけである。賞賛されたとしても、それは自己満足に類したことだ。だったら好みを隠さず、言いたいことを言ってしまおう。そうなるのが自然である。結果として、仕事や生活の上で抑えていた個人的な資質がはっきりあらわれるのである。

鬼笑とは昔同じ職場で毎日顔を合わせていた。相手を立て、人間関係に細かな気配りをするタイプである。決して怒った顔を見ない。しかもきちんとしている。だからこそ、醸句会事務局という重職が務まっているのだが、作品には、鬼笑のもっと武骨な、男っぽいところが映し出されている。家庭においては、もしかしたら亭主関白かもしれない？

鬼笑についてはもう一点指摘しておきたい。×印を大量に獲得することが少ないことだ。多くの人から顰蹙を買うような句は作らない。

馬肥ゆる海牛《うみうし》がゆく岬かな
朝凪や瘡蓋《かさぶた》にふれ夢のあと

なかでは珍しく、いずれも×印二票をもらってしまった。

「海牛」は広辞苑によれば、ウミウシ目の後鰓《こうさい》類の総称で巻貝の仲間であるが、殻は退化している。まあ、海のなかのナメクジのようなものらしい。こういうものを持ってくるのが鬼笑である。次の「瘡蓋」も同様である。こんな漢字は誰も書けない。達筆な鬼笑の本領が発揮されている。つまり、鬼笑はどこか単語の新鮮さに、惚れ込んでしまうきらいがあるということだろう。それが五七五に調和するといいのだが、ややもするとむずかしい言葉が定型のなかで浮いてしまうのではないか。この習癖はなかなか直せない。欠点も個性だからである。

第六章
醸句会の一大派閥

打たれ強く家族を詠み続ける敦公

醸句会の中核には読売新聞の方がどんと座っている。別に、彼らが俳句的に優れているわけではない。簡単に言ってしまえば、人数が多いのである。理論家・乳井枝光、母もの俳句の小島敦公、人気者・三島茶来、理科系・北村北酔、さらにアルピニスト北村蒼犬(念のために断っておけば、両北村は夫婦ではない。双方からそれだけはきちんと書いてくれと言われている)。五人もいる。いわば、醸句会の大派閥である。

読売新聞内部で俳句が盛んであるといったことはない。巨人と俳句も関係ない。ナベツネが俳句に関心があるとも聞いたことがない。芋づる式に誘われた結果であり、たんなる偶然である。

まず敬意を表して敦公からいってみよう。前にもふれたが、醸児と同郷である。福島県小野市。教授は町中だが、自分はもっとはずれだという。原発事故で福島はひどい目にあっている。東京に送られる電力のために被害を受けているのだから、もっと福島の人は怒った方がいいのではないか。私はつい原発のことになると、筆がすべって俳句からずれてしまう。温厚な紳士はそういったナマなことは言わない。もとに戻そう。

妻病んで孤独身にしむ冬支度

敦公が初めてトップ賞を獲得した句である。第三回目の「冬支度」という席題のときだった。ここにも「妻」が出てくる。家族詠、そして身近なものへの着目。作品の素材はほとんどかぎられている。同じ日の作品で○印二を得たものに次のような作品がある。

リタイアの友より届く新酒かな

その日の敦公は好調で、「モスクワの旧友しのぶ冬支度」も○をもらっているので、計○印六という大成果であった。二〇〇六年から二〇一〇年まで九州に赴任していたので、その間の作品はない。東京に出張中に、醸句会があったことがある。熱心なことに参加し、こんな作品を提出している。

それぞれの泣き顔浮かぶ子どもの日

やはり家族詠である。残念ながら○印はひとつであった。たまに参加したのだから、やさしく迎えるという配慮などは、このメンバーには皆無であった。それだけではない。復帰後初めての、二〇一〇年八月二十日の句会ではひどい目にあっている。その日は、「錦木」「苧殻《おがら》」「帰燕・秋つばめ」という題だった。そこで、×印三を食らってしまったのである。

おがら炊く亡父《ちち》のおもかげ墓参かな

おそらく初期の醸句会であれば、それほど厳しい視線をこの句に投げないであろう。しかし、敦公が九州博多でお酒を飲んでいる間に、われわれは結構シビアな俳句戦争のなかにいた。その屈辱がよみがえってくるのだろうか、こういう俳句には断固「ノー」を突きつけることになる。なぜいけないか。

盂蘭盆《うらぼん》の迎え火や送り火として燃やすのが「おがら」である。すると、当然「亡父」「おもかげ」と縁語の関係になる。しかも、ダメ押しのように結句に「墓参かな」とつけられている。これでは、句と句の間に緊張も対立もなく、それによる新しい情緒も感覚も浮かんでこない。「かな」がかえってわざとらしい。個性もまったく見えない。平凡極まりない。作者は何を言いたいのか。こんな風にまことに容赦ない意見が続いた。嗚呼、人生でかくも厳しいことがあるのだろうか。

父、母、妻、故郷……敦公の詠む対象はどこか類似している。家庭生活の反映なのであろうか、やさしくて、甘い。だから俳句によっては、新鮮な景があらわれてこない。逆に言えば、たっぷりとした情緒に景がつぶされてしまう。つまり常識に終わってしまうのである。

あまりにも有名だが、家族詠と言えば「足袋つぐやノラともならず教師妻」(杉田久女)や「万緑の中や吾子の歯生え初むる」(中村草田男)、「切干やいのちの限り妻の恩」(日野草城)などを思い出す。いずれも妻や子と、具体的なものとの配合が新鮮である。こういうことを頭では分かっていても、いざ句会の席になるとパニック状態になってしまい、既成の情緒や言葉の噴出を止めることができない。

復帰後、敦公は苦しい戦いを強いられている。頼もしいのは、そういう罵詈雑言に近い批評に耐え、醸句会に参加することである。新聞記者は打たれ強い。

場外ホームランが切望される理論家・枝光

続いて枝光に移ろう。彼は新聞記者を途中で切り上げ、書評やエッセイに健筆をふるっている。

すでに言ったことがあるが、理論家である。多分、結構真面目に勉強しているのだろう。彼が欠席していると、作品の披露に一味が足りない。異論、反論、駁論《ばくろん》と、独特の口調が印象深い。

九州の文学者の跡を歩いた彼のエッセイ集『南へと、あくがれる』に、俳人・中村汀女のふるさと熊本江津湖を訪ねた一節がある。

「塘《とも》」とよばれる江津湖の堤を行くと湧水湖の水底に藻がたなびき、水面にアメンボが波紋を描いている。潤っていて透明感のある景色。高浜虚子の句碑、その奥に芭蕉林がある。〈縦横に水の流れや芭蕉林〉。土地への挨拶の句であるが、俳聖、芭蕉への敬意もほの見える。

汀女の句碑もある。〈とどまればあたりにふゆる蜻蛉《とんぼ》かな〉(汀女句集)。目の前をトンボが群れ飛ぶ江津湖の実景みたいだが、横浜時代に訪れた三渓園での作だという。

三渓園の平らな池、そこに湛《たた》えられた水の風景に江津湖を喚起され、自ずとこぼれ出てくるようである。

ほぼ並んで夏目漱石の俳句を刻んだ碑がある。〈ふるひ寄せて白魚崩れん許《ばか》りなり〉。第五高等学校教授時代、盛んに句を作り、熊本俳句の種を蒔いた漱石は、虚子の「ホトトギス」に「吾輩は猫である」を連載して小説に進んだ。虚子はまた汀女を本格俳人に導いた師。巡り合わせと言うべきか、その三人の碑が、一つ所にある。

長い引用になったが、枝光の俳句に関する造詣の深さがうかがわれる。同じ箇所で、やはり熊本出身の気鋭俳人・正木ゆう子の〈春の月水の音して上りけり〉なども引用している。俳句へののめり込みも推察できる。ところが、である。自分の作品にそういった素養がなかなか生きない。彼の慨嘆も深いだろう。これ以上悪口を言うと、句会席上での仕返しが怖いのでこのあたりで止めておく。

作品の特色に入っていこう。第二回句会のトップ賞「蛍狩り抜け出してゆく白き足」のことは紹介したが、その後、記録をくってみると、言いにくいがあまり高点を得ていない。批評の鋭さのわりに、作品がもうひとつなのである（また、悪口に近くなってしまった）。

北へ向く列車短し秋の雲
春の水夢の中にもあふれけり
夏痩せて嘆きし父に近づけり
えぞ菊や沖を見たまま答えざる
うずくまるひきがえるの如《ごと》生きにけり
薄氷《うすらひ》は薄氷《はくひょう》にあらずふむまいぞ
鐘の音に枝を離るも桜かな

これらはすべて○印二なのである。安定しているし、俳句になっている。うまい。工夫もしてある。彼の知識が生きているのだろう。もう少し、点が入ってもいいのかもしれない。

例えば一句目。東北の秋の風景を背後においてみれば、すがすがしい気分がさらに伝わってくる。太宰の生地や、五所川原にむかうローカル線、石坂洋次郎『若い人』などをイメージしてもらえば、いっそうこの句の絵画的な良さが伝わってくるのではないか。しかし、その分かりよさが、逆にメンバーのやや意地悪な視線とマッチしないのかもしれない。新鮮さというか、驚きが少ない。×印がついてもいいから、もっと常識を超えてほしいという気持ちが、点を入れるものにあるような気がする。メンバーは、二塁打ではなく、場外ホームランを待っているのではないか。枝光の句は、知識人の陥りやすいひとつの典型だろう（他人を批評するのはじつに簡単である。嗚呼！）。

○印四を獲得したことが、最近、二回あった。彼の満面の笑みを思い出す。それを見てみよう。

雪渓や転んで空と笑い合う

ユーモアもあり。情景も想像できる。晴れた日の山スキーだろうか。小さい頃住んでいた弘前の記憶かもしれない。当日は軽みが評判だった。

席題は「雪渓」「朝凪」「木苺」であったが、そのとき、「木苺や蛇うっそりと現わる」がやはり○印を二つ獲得した。これだけを言っておけば、まさに「枝光ご満悦の夜」

なのだが、その日の枝光は、まるでエレベーター。上がったり、下がったり。当日の話題作りに貢献してしまった。

朝凪やビール身にしむ浜辺かな

これが×印三。これだけではない。次の句が×印二。計×印五になってしまった。枝光、がっくりである。

雪渓やわが人生の汚れかな

これも常識的だ。雪渓の純白に対して、汚れ。×印がついても文句は言えない。「稼ぐに追いつく貧乏なし」。昔、麻雀の卓を囲みながらぼやいたセリフだが、この日の枝光にぴったり。いやはや、何のために○印によろこんだのか。

同じ雪渓でも、あとの句がいかに通俗かはよく分かる。同じ作者がこういう風になってしまう。これが怖い。「ビール身にしむ」も新鮮さがない。

長年、句会を続けていると、不思議に他人の句のまずさはよく見えるものだ。驚くほど、みな、鋭く欠陥を突いてくる。ところが、残念ながら自分の句にはその批評眼がまったく働かないのである。どうしてだろう？　私もそうであるから、他人のことは言えないが、枝光はその象徴的な存在であろう。しかも、醸児や敦公のように執着するテーマがそれほどない。力量があり、幅広くなんでも詠めるということは、逆に言うと、特徴がないということになってしまう。

新聞記者的資質が句作と相反する北酔

続いて、北村北酔にいこう。上司の権限で、部員の三島茶来を誘ったという内情はすでに紹介したが、そういうよこしまな？思惑は、俳句精神にまで及ぶところがある。どうも彼の作品になかなか○印がつかないのだ。しかも気の毒に、二〇〇七年から二〇一〇年まで、名古屋に異動になった。その間、当然、作句活動はブランクである。仕方がないとも言えるかもしれない。

お水取りわが心にも火の粉舞え

花冷えの路傍に伏せる迷い犬
橋のもと魚の背光り春の水
子どもの日なつくは子犬ばかりなり
行くあてもなしに旅立つ子どもの日
春惜しみ住みなれし街後にする

これらは○印二の作品である。いずれも穏やかな気配が漂ってくる。子どもが自立し、家から離れてゆく。五句目の「行くあてもなし」などはわれわれの実感するところだ。こうやってみると、わずか十七文字であっても、作者の人柄とか日常が透けて見えるからおもしろい。しかし、北酔の句はどこかもったりしている印象が残ってしまう。すっきりしていない。それはなぜなのであろうか。

前に紹介した古舘曹人『句会入門』に即興添削法というユニークな章がある。習字の練習と同じように、繰り返し訓練すれば誰でもできるのが添削だと言っている。そして、添削の最初に挙がっているのが、「散文」という難題である。こんな実例を提出している。

「志士も博徒も墓苑同じや厚氷」。古舘は次のように言う。

志士も博徒も長い歳月を経て、ひと所に眠っている哀れさがよく理解される。しかし「志士も博徒も墓苑同じ」という箇所が散文で作者の感動が伝わらない。しかも、墓苑の状景も目に見えてこない。

そして次のように添削する。「墓原に志士も博徒も厚氷」とすればいいという。つまり説明を省くというのだ。この例に則って言えば、たしかに北酔の句にはどこか説明の感じがぬぐえないところがある。北酔から少し離れるが、続いて古舘は「冗舌」ということを言う。つまりできるだけ、省略に力をそそぐことを大事にする。さらに「重なり」という難点。北酔の場合で言えば、一句目、「火の粉」と「舞え」は重なっているだろう。あるいは「わが心にも」と「舞え」にも散文の気配がする。「子どもの日」と「子犬」。あるいは「子犬」と「なつく」などはそういった実例であろう。

最後に古舘は、動詞をなるべく使わないというアドバイスをしている。十七文字しかないのであるから、凝縮しないといけないのだろう。初心者は、十中八九は名詞止めで作ったらどうかと、強烈なことを言っている。そのくらい動詞の使用には警戒すべきだというのだ。

最後の句など、「惜しみ」「住みなれし」「する」となっていて、締りがないのかもしれない。北酔を俎上に載せすぎたきらいがあり、あとで殴られそうであるが、私たちの俳句の問題点が北酔にいみじくも露呈しているのだ。

できるだけ平明に、分かりやすく説明する文章が新聞記者の目指すところである。俳句とはおそらく相反するのだろう。三句目などは、材料が多すぎる。橋、魚、水と重なりになるのではないか。情緒は分かっても、すっきり感がないとは、こういうことなのだろう。むずかしいものだ。北酔は、私たちの実情をシンボリックにあらわしている。

最近作に次のような句がある。

木苺をふくみて想う去りし女《ひと》

これは○印二に×印一がついた。意味深長な作品であるが、どこか謎を持っている。いままでの作より切れ味がいい。説明的ではない。×印をつけたのは、情緒が濃すぎると思ったからだろうか。「木苺」と「女」が微妙に釣り合っている。作品の背後から気分が立ち上がってきている。新聞記者を卒業し、教壇に立っている北酔。しがらみを離れ、新しい句境に入るのではないか。

はまると突然に光り出す茶来

次は話題の茶来である。蛍狩りとランニングシャツで男をあげた?が、今回、彼の句を調べてみたら意外や意外、票数を集めている作品がかなりあることに気づかされた。トップ賞がすべていい句とはかぎらないのかもしれないが。それでも衆目を集めるのは悪いことではない。北酔などはうらやましいだろう（私もうらやましい）。例えば、次のような作品である。

残っても賄いにせず干鰈《ほしがれい》
水底の空をはいゆく田螺《たにし》かな
棹深《さおふか》め藻を刈る人の息遣《いきづか》い

これらはいずれもトップ賞だった。二句目の作品はよく覚えている。当日の席題は「桜」「田螺」「蓬」だった。乳飲み子のときに疎開した以外、東京を離れたことのない少賢にとって、「田螺」にはなんともはや困った。なんとなくは知っているつもりだが、ともかく田螺を見たことも触ったこともない。それがばれてしまった。軽蔑というか、呆れたというのか、判然としないが、みんなからのまなざしが怖かった。であるから、当然、その日の出来は散々であった。

そのとき賞賛を受けたのが、茶来の「水底の空をはいゆく田螺《たにし》かな」であった。なるほど、洒落た句である。きれいな水。空さえ映っている。そこに田螺が動いているのである。そのとき、私の句は「たにし鳴く月夜の畔《あぜ》は別れ道」であった。いかにも嘘っぽい。実際を知らないことが見え見えである。田螺の生態に無知であり、確証がないことが分かってしまう。

彼は郷土色がまだ身体に染みている。それゆえ三句目にはどこか実感がこもっているのだろう。即興を大事にする、あるいは挨拶を重視する句会であっても、一時の知識では化けの皮は剥がれてしまう。そうするとものを言うのは経験である。席題にはまったときの茶来は、突然、光り出す。いわば当たったら怖い打者なのである。

彼らしい作品を挙げてみよう。

白髪やとうもろこしの皮をむく

これは堂々×印四を獲得してしまった。「棹深め藻を刈る人の息遣い」と同一の作者とは誰も思えないだろう。川柳にもならない、おもしろくないという評が出てしまっても仕方ない。たしかに救いにくい作品だ。

菜の花の遠くにかすむ赤城山

こういう極度の平凡さがときおり茶来にはあらわれる。それも人柄である。残念ながら、この句は赤城山であろうと、白根山であろうと、すべてにあてはまってしまう。個性のかけらもない。

下り来て桜紅葉のいろは坂
成長も財産もなしおおみそか
赤福や甘味欲する伊勢参り
あおりんご子を抱き上げて岩木山
ハタハタのような骨ある人たらん

句会の記録を調べていると、中学生が初めて俳句を作ったような素朴な句がどんどん出てくる。たしかに素人の私たちはこうなってしまうところがある。

これらの作品がどうやっても誉められないことは、メンバーはいまや痛いほど理解している。旧悪を暴露するようなことはもうやめたらという陰の声がするが、一方で、これがあるから句会が続くということも指摘しておかなければならない。全員がどんどんうまくなってしまうと、私たちのようなグループはすぐ崩壊してしまうだろう。文芸としての俳句（プロ）に近くなるからである。

名作と駄作が同居するからおもしろい

私たちの作品も、もちろん以前よりよくなっているのだが、しかし、右肩上がりにうまくなるなどということは絶対にありえない。いつの間にひどく下手な句を作っている自分を発見して愕然とすることは、往々にしてある。くやしいことにそのままにしていると、技量は完全に下がってしまう。

ひどい句を見つけたときの友人としてのよろこび（邪悪なよろこびである！）、あまり大きな声では言えないが（言っているのだが）、あの人でもこんな句を作っているのだという安心感は、句会を続けさせるひとつのエネルギーである。作品の質が上がったり下がったりするからこそ句会はおもしろい。

参加するものも、いつも自分が「ペケ」ばかりでは意気阻喪してしまう。また、つねにトップであっても、意外におもしろくないものだ。そこが結社とはちがう。「俳句でもやろうか」の「でも」の効用のような気がする。遊びとしての句会の真骨頂だと思うが、おそらくきちんとした俳人からは眉をひそめられるにちがいない。

短詩型ではひとりの作者のなかに名作と駄作が同居する。そこが小説と大きく異なっているところだ。例えば、斎藤茂吉という不世出の歌人がいる。芥川龍之介が頭《こうべ》をたれたというほどの魅力は言うまでもない。日本の近代文学のなかで、誰も無視はできないだろう。しかし、茂吉のすべてが名作とはとうてい言えない。どう考えても、たいしたことのない短歌がたくさんある。ふつうのおっさんが作ったものと変わりない平凡な作品が結構ある。短歌をかじったことのあるものはみな知っている。

万国《ばんこく》のなかにいきほふ日本国《にほんこく》永久《とは》の平和はけふぞはじまる
鳥海のいただき白く雪ふれる十月五日《じふぐわついつか》われは帰り来《く》
われひとり食はむとおもひて夕暮の六時を過ぎて蕎麦の粉を煮る
めざめればあかあかあかと光かがやきて日本海《につぽんかい》の有明《ありあけ》の月《つき》　（『白き山』）

茂吉の歌とはどうやっても思えない。平凡である。誰でも詠めそうだし、歌会に提出しても、点などは入らないだろう。茂吉だと思い、過剰に読んだとしても、なんということのない作品である。他方、『白き山』には絶唱も数多い。

最上川の上空にして残れるはいまだうつくしき虹の断片《だんぺん》

最上川逆白波《さかしらなみ》のたつまでにふぶくゆふべとなりにけるかも
道のべに蓖麻《ひま》の花咲きたりしこと何か罪ふかき感じのごとく
ふかぶかと雪とざしたるこの町に思ひ出《だ》ししごとく「永霊《えいれい》」かへる

これら周知の名歌と先に挙げた作品との落差。一目瞭然だろう。歴然としている。誰しもが分かるほどに差がある。こういうことがひとりの歌人のなかに起こるのである。ついでに大事なことを言っておきたい。茂吉は、拙い作品を歌集から削除していないことだ。差があることを知っているが、同等に扱っている。

さまざまな作品を包含しているから斎藤茂吉なのである。また「万国」のような作品と並んでいるから、「逆白波」のような絶唱は、より名歌性が高まるのかもしれない。

なにが言いたいかといえば、茂吉にもあることが、茶来をはじめわれわれにもあるということである。つまらない作品も作者そのものだ。短詩型のおもしろさはそこにあり、だからこそ西欧文学とはちがっている（平凡な作品を救済する論理だという陰の声もある）。

第七章

女性はすごい

新聞の読者俳壇に悲憤慷慨

ある日の句会に、醸児が勢い込んで飛び込んできた。「ひどいぜ、こんな作品がトップだよ。どこがいいのだろう」と、悲憤慷慨して、メンバーにその日の朝刊を見せていた。大手新聞の読者俳壇である。

みなどれどれと読みふけった。「これのどこがいいのだろうね」「われわれでは×印だな」「なかではこれがいいかな」など、多様な意見が出たが、多くが醸児に同意したのであった。その新聞の切り抜きが出てきたので一部を紹介してみよう。

ひとり言聞かれてゐたり古障子
大根引く開拓の碑の朽ちゆきて
東京にまれの星空十二月
古びたる姿見一つ冬座敷
柚子をもぐ頃合い青き空が決め

自転車に乗れて竹馬には乗れず
単線の独り待つ駅冬銀河
園児らは落葉の丘をすべり台

四人の選者によるトップ賞と次席の作品である。回しているうちに、「おいおい、これはないぞ」といった感想が漏れてくる。俺たちと変わらないではないか。いや、うちのトップ賞の方がいいのではないか。投稿の水準はこんなものなのだと、自分の作品を棚に上げて、一同はあらためて俳句の現在を考えざるをえなかった。

すこぶる評判のよくなかったのは「東京にまれの星空十二月」であった。言いすぎ、かつ平凡だというのである。「自転車に乗れて竹馬には乗れず」も輪をかけて文句がついた。批評にも皮肉にもなっていないというのだ。「単線の独り待つ駅冬銀河」も歌謡曲みたいだという文句がついた。「園児らは落葉の丘をすべり台」もふつうだという。たしかに、誰が読んでもそれほどの作品とは思えない。そのあとその欄を続けて検証したわけではないので、もしかしたら、特別に低調な日だったのかもしれない。それははっきりしないが、ときおり覗く俳句総合誌に掲載されている専門俳人の作品を見ても、それほど感銘を受けないのは事実である。

ふだん、虚子、秋桜子、万太郎、誓子、蛇笏、草田男……といった俳人の選ばれた、かつよく知られた名句を参考のために読むことが多い。もちろん言うまでもないことだが、それほど熱心に勉強しているわけではない。ほかに読むのはメンバーの作品である。この差は驚くばかり大きい。

しかし、投稿俳句と、いわゆる専門俳人の作品にどういう差があり、どこがちがうのかはいまひとつ見えてこない。つまり、現代の水準が、どうもよく分からないのだ。醸句会のメンバーの実感である。下手は分かる。しかし、これだからうまいというポイントがなかなか理解できない。

同じひとりの人間でも、優れた句と平凡な句ができる。長くやっていても、俳句技術は右肩上がりにはなかなか上昇しない。実際に作ってみると、いやというほど実感する。でも、あの新聞俳壇の作品はやはり、疑問だ。

ひとりで○印十二、蒼犬の快挙

それに比べれば、次に挙げる蒼犬などは、確実にうまい。デビュー以来、醸児提供の賞品の獲得率はかなりの高さである。くやしいけれど、それは認めなければならない。一方でまわりからかなりの顰蹙を買っている。もちろん彼女は涼しい顔をしている。それがまたくやしい。

彼女の俳句歴はまだ浅く、デビューは二〇〇九年四月である。そのときは俳号もなかった。

安曇野に爺現われてゲンゲ草
御開帳お龍の肩の丸きこと
ランドセル並ぶゲンゲの帰り路
うぐいすや谷のむこうは分校か
御開帳集まりて問う病かな

「げんげ（紫雲英）」「うぐいす」「御開帳」が当日の席題である。はじめと二句目が〇印

一、三句目が×印一、四、五句目が無印である。第一回目にしては健闘である。しかし、そのときの×印への酷評におそらく、彼女は唇をかみしめ、くやしさに耐えていたのだろう。いじめた方はすっかり忘れているが、これまで経験したことのない厳しい批評に、おそらく、復讐を誓ったのではあるまいか。彼女のすごいところは、実作でそれを果たしていることである。

その年の秋の醸句会（二〇〇九年十月、席題「稲雀」「蕎麦の花」「夜学」）で、いままでにないことをやってのける。

蛍光灯一つ切れたる夜学かな　（〇印五）
チョーク粉のうき上がる見ゆ夜学かな　（〇印三）
光琳の蒔絵より出で稲雀　（〇印二）
稲すずめ思いのほかの穂のたわみ　（〇印一）
蕎麦畑角を曲がれば恩師宅　（〇印一）

出詠句五句すべてに○印がつく。完全試合を、初登板から三試合目で達成したようなものである。一回の句会で○印計十二はそれまでもないし、それ以後もない。先輩俳人は口をあけたまま、なにも言えなくなってしまった。口あんぐりとはこういう場面を言うのだろう。以後、快進撃が続く。

切り取りがいい、説明的でない

彼女の俳句は切り取りがいい。そのせいもあって切れ味が目立つ。だからトップ賞がとても多い。くやしいが、メンバーもその実力を評価せざるを得ない。「これ入れると、また蒼犬に名をなさしめるのかな」などと、ぶつぶつ言いながら○印をつける光景をよく目にする。蒼犬ばかりいい目にあうのは許せない。といって、あえてよくない作品に入れれば、自分の文学的姿勢を疑われる。その狭間で苦しんで、やはり文学的良心をもって○をつける。蓋をあけ、披講になると、ああ、やっぱり蒼犬だったかという悲鳴があがる。もちろんうまいのだから仕方ないのであるが、それでもくやしいのはほぼ全員共通の気分である。

打倒蒼犬！　ひそかにみな胸に誓っているのだが、いつも返り討ちにあう。そういう状態が二〇〇九年秋以来続いている。

白黒の写真の妻や潮干狩り
四月馬鹿笑いしシャツの喉仏
コンビニのつばめは去りて旗変わる
酔客のくさめの響く終電車

ここに書き写していてもうまいと思う。コツをつかんでいる。場面が浮かんでくる。「潮干狩り」と言えば、なつかしい風景だ。幼い時代の記憶がどうしても表立つ。それを転換させる。子どもでなく、焦点を妻にもってくる。「白黒の写真の妻」はまだ若い妻を想像させ、そこから長い歳月が伝わってくる。老夫婦が昔のアルバムを眺めている場面が浮かぶ。中の句から結句への変化が巧みなのである。四月馬鹿から喉仏の流れも同じであろう。

散文的でなく、説明的でない。「つばめ」という題で、コンビニにはためいている幟《のぼり》をもってくるところも新鮮である。

四句目は○印四がついたのであるが、読み返してみるとそれほどの作品とは思えないところもある。平凡かつ俗の印象がないわけではない。分かりやすいけれど、新鮮ではない。今頃思っても仕方がないが、そんな感じもする。句会のむずかしさでもある。○印の多少ばかり気にしていてはいけない。

一所懸命、やや無理をしてけちをつけたが、ともあれ、わが醸句会が新入団の怪物にきりきり舞いしたことは事実である。だが、スターの登場は句会を活性化する。それはまちがいない。

長嶋茂雄級の大物、翼のデビュー

もうひとりの大物がいる。翼である。デビューは二〇〇八年四月三日。蒼犬より少し前である。桜が満開の日であった。言問橋の袂で待ち合わせ、隅田川河岸の桜をたのしんだあと、鳥越の「都寿司」に一同繰り込んだ。当日の席題は、「桜」「田螺」「蓬」。こういう一般的な題はかえってむずかしい。私なども、まったくダメだったことはすでに述べた。当日の出席者は八名。彼女は次のような五句を提出している。しかし、あの長嶋茂雄のデビューのように散々であった。

昼さがりごはとしなだる夏蓬
さくらさくら今宵のさくら日本一
ゆりかもめお前もさくらうれしいか
対岸の桜と人の白と黒
ブランドにおかず横丁の螺かな

これらの作品がまた醸句会の連中を刺激した。「うーん、すごい」。どうすごいのか。選句の結果、一句目は×印一、二句目は×印三、残りは無印だった。出席者八名。要するに出席者の半数から×印を食らってしまったのである。もっとも当日は全員の句作が不調（題のせいだという意見が多かった。桜など身近な題は逆にむずかしい）。たしかにあまりいい作品が生まれなかった。翼の作品は、平常の句会だったらもっと×印をもらったのかもしれない。こういう日もあるのである。せっかくだから（なにがせっかくなのかよく分からない。傷口に塩を塗るような行為だが）、ほかのメンバーの×印作品も記しておこう。

花さかりドームせつなく我が巨人軍
言問や花も楽しみ団子かな
朝の茶に匂い健やか蓬餅
南風枯木のなかのよもぎ哉

たしかにひどい。醸句会はじまって以来の低レベルかもしれない。あえて作者名は記さない（武士の情けである）。

このような作品を並べてみると、さきほど賞賛した私たちのレベルアップに疑問符がついてしまう。こういうなかで、堂々、初めての打席で×印計四を獲得したのだから、大物であることはまちがいないだろう。

初めてだからとか、九州から飛行機でわざわざやってきたのだからといった配慮は、メンバーにはまったくない。当時の国鉄スワローズの金田正一のごとく（もう誰も分からなくなった比喩だ）、真正面から立ち向かうことが相手の成長につながるといった信念（ホントウかなあ）によって、披講のときでも、罵詈雑言とでも言うべきか、メチャクチャにやっつけてしまった。

酒の勢いとはいえ、言いすぎたと思った人が多かった。「さくらさくら今宵のさくら日本一」はとりわけ好餌になった。みんなおそらくうれしかったのであろう。遠慮なく貶せることはそうそうないからだ。

悪評にまったく揺るがない不屈の魂

多分、これほど言われてしまえば、わざわざ飛行機代を払って東京にくることはもうないだろう。誰しもが思ったことである。ところが、である。麻生翼は偉い。次回にも平然と参加したのである。まさに新人の開幕試合で、四連続三振を食らっても、金田に立ち向かった長嶋ではないか。不屈の闘志はメンバーに少なからずの感動を与えた。おそらく、彼女の作品は急速に上達するだろう。みなそのように思った。

だが、ミューズはそうそう簡単には微笑んでくれない。次回の成績も、その次もペケが多かった。翼は、どうも長嶋とはちがうのではないか。メンバーはそう思いはじめた。

マゾヒズムは生来のものかもしれない。もっといじめてと言わんばかりの作品が続いた。しかし、翼の不屈の魂は悪評にはまったく揺るがない。毎回、日航の業績回復のためもあってか、別府から参加する。熱心なその姿にうたれるメンバーも少なくなかっただろう。とは言いつつ、傷口に塩、辛子、こしょう、唐辛子、タバスコを塗り込まれることに変わりはなかった。しかし、努力が実らないわけがない。×印オンパレードのなかから、〇印を獲得することも次第に多くなってきた。その作品を紹介してみよう。

乳母車れんげの花の置き土産
栗の花二丁先まで匂う宵
白梅を通りすぎてはふり返り
春暁や老僧の声響きけり
錦木や吊橋ゆれて歩をとめる
すきま風夫のくさめを加勢する

これらはみな○印を二票得た作品である。素朴な味わいがある。二句目などは、「二丁先まで」がいいのだろう。私は三句目がすきだ。さりげなくていい。「春暁」と「老僧の声」の取り合わせも共感を呼ぶだろう。私たちは、つい説明に走ってしまう。ほかのメンバーに分からせようとしてしまうのだ。すると、俳句の味がなくなってしまう。選句する側にゆだねるというゆとりが必要なのだろう。作品は「自分」を離れなければいけない。ところが、どうしても自分の手中に収めておきたい。それが俳句にとって、説明過剰になってしまう。そのちょっとした感覚がなかなか身につかない。

事実や経験から離れて創作する。それが俳句のコツなのだろう。こればかりは、勉強だけでもうまくいかない。とりわけ私たちのような句会は、時間の制約だけでなく、仲間の悪口、無駄口、世間話にどうしても影響されてしまう。場の持つ雰囲気から、心を独立させなければならない。それがなかなかむずかしい。そういうなかでの翼の努力は生半可ではない。仲間をびっくりさせる作品がいずれあらわれるだろう（そう思いたい）。

圧倒的に女性が元気な俳句・短歌の世界

女性の参加は、句会を活性化する。むくつけき男ばかりだと、殺伐とする。酒ばかり飲むことになってしまう。しかし、女性の立場になってみると、句会に参加することもなかなか大変だろう。蒼犬のように仕事を続けている方、あるいは翼のように、家族から手が離れた年齢では可能だろうが、といって私たちのところに誰でもこられるかといったら、それはむずかしい。平等といっても、いまだ女性はハンディを負っている。

女流俳句というと、竹下しづ女、杉田久女、橋本多佳子、三橋鷹女、中村汀女などの名前が浮かぶ。

節穴の日が風邪の子の頬にありて　しづ女
花衣ぬぐやまつはる紐いろいろ　久女
足袋つぐやノラともならず教師妻　同
雪はげし抱かれて息のつまりしこと　多佳子
鞦韆《しゅうせん》は漕ぐべし愛は奪ふべし　鷹女

咳の子のなぞなぞ遊びきりもなや　汀女

家庭、家族、厨《くりや》という素材である。俳句に女性が一所懸命になること自体、家庭からは嫌われていた。それなので近代俳句では、そういう自分の置かれた位置をテーマにすることが多かった。

高浜虚子から厭われ、「ホトトギス」からいわば追放されてしまった久女（除名の理由はいまだによく分からない）。俳壇史に残るスキャンダラスな事件である。女性は家庭を乱してはいけないといった、常識の範囲内での俳句でなければならない。多分、そういう暗黙の了解があったのだろう。踏み外したら久女になってしまう。こういった雰囲気はつい最近まで続いていた。

しかし、二十一世紀になり、いまや女性の社会進出は当たり前になっている。女性俳人の作品も、しづ女、久女たちが詠んだ世界とはかなり異なっている。

にもかかわらず、いまだ女流という冠が、まかり通っていることも事実だ。俳句だけでなく、あらゆるジャンルに言えることだ。女性をどこか特別扱いする。それは逆差別にもつながるだろう。

しかし、よその世界はともかく、現代の俳句や短歌といった短詩型文学では、圧倒的に女性の方が元気だ。多くの賞を獲得しているのも女性である。実際、質量とも男性に勝っているだろう。だから、もう女流俳句などと特別扱いする方がおかしいのではないか。そんな風にも思われる。

別に、そのことに呼応するわけではないが、醸句会は女性をまったく特別扱いしない。手加減などとんでもない。実際は逆である。蒼犬、翼の発揮するパワーに、多くがたじたじとなっている。まったくの男女平等である。そのことは確認しておきたい。

ただ最近、彼女たちよりかなり！年齢の少ない（つまり若い）女性が参加しはじめた。酔花と入海《いるか》という女性編集者なのであるが、正直言って、蒼犬や翼とは扱いのちがう雰囲気も生まれている。若さに対するおじさんたちの憧れかもしれないが、作品へのコメントがどこかやさしい（私ももちろんそのひとりである）。

そのようなことに鋭敏な翼など、この醸句会の男どもは「どうも若い女性に甘い」と思っているのではないか。この件については、最後の方で、もう一度、触れなければならないだろう。

第八章　残り物には福が

なぜ平凡な句になってしまうのか

メンバーの紹介も、あともう少しである。少し急ごう。

平野ぎょ正。私の名刺ホルダーにあった肩書きは、株式会社山金水産代表取締役社長とある。本名は平野正明という。いつも、みんなから遠慮会釈なくぼろくそに言われ続けて、始終愚痴っている気のいい方である。ある日、なんの気なしに「山金水産」をインターネットで検索してみた。画面いっぱいに「鯛の上総《かずさ》むし」といったタイトルと大きな画像が飛び出てきた。いかにもうまそうである。併せて、「江戸前焼き穴子」「鱸《すずき》の上総焼」なども表示されていた。いろいろなデパートにも出店しているようだ。手広く商売をしている海産物の会社らしい。しかし、正直言って、風貌からはとてもそんな風に見えない（失礼！）。

社長業がどんなものだかは知らないが、句会とはいえ、これほどまでに糞みそにやられていることを、社員は多分知らないだろう。知らないで幸いである。社長が作句で苦悶する顔などは見たくないだろう。面子もなにもあったものではない。おそらくぎょ正も、こんなはずではなかったと臍《ほぞ》を少しかんでいるにちがいない。

はじめの頃、ぎょ正の句は海に関するものが多かった。例えば、天候のこと。あるいは民俗的なこと。漁についての言い伝えなどである。職業詠と言ってもいいかもしれない。「波佐《はざ》ま立つ先に潮路の菜の花や」「おだかけにつるし大根漬けを待つ」「浦隅に雑魚と分け合う干しかれい」といった作品が目についた。そこにある時間・空間には、残念ながらあまり一般性はない。そこで、もうひとつ票が伸びない。そしてそういう素材が一巡してしまうと、どうしても平凡な感慨の作品に堕ち、それが×印をもらってしまう。

作品を挙げてみよう。まず×印から。

えぞぎくの利尻のみなと君を待つ
咲き続けあじさいつかれの土用なみ
しょうが市だらだら祭りのあと始末
霜はりて山のすその鳥の声
そば食へどもっとうまいもののないかしら
桃園にふたり仲よく老夫婦

あしび咲くようやく午後の蔭多し

まず平凡なところが嫌われているのだろう。「えぞぎくの利尻のみなと」までは悪いところがない。最後の、「君を待つ」で、ひどく俗になってしまった。結句の五音でどのようにも飛べるか。ここがどうしてもうまくない。二句目は季重なりである。意味はよく分かる。しかし意味が分かるからといって票を集めるわけではない。

このようにまとめてみると、結句の平凡さが共通しているように思える。意外性がないとんでもないところに飛翔していっていない。私たちは、日頃はつじつまがあうように言葉をつなぐ。それが、散文的に考え、表現するということだ。俳句はそこがまったくちがうのだろう。五七五というわずかな文字量しかない。上から下にひと続きになってしまえば、ごくごく小さいものしか描けない。文章と異なるものが必要とされる理由である。

ぎょ正の句は全体に切れが弱い。みなつながってしまう。「君を待つ」に意外感はまったくない。常識的に終わってしまっている。桃園の句なども同じである。初句と中の句と結句の醸す雰囲気がみな同じなのだ。つまりイメージがみな重なっている。すると、どうしても世界が広がらない。少なくとも、「ふたり仲よく」はいらないだろう。では、その代わりなにを挟めばいいか。そこで腕前が試される。

房州の訛まるだしに、「そんなむずかしいこと言ってもさ」と、ぎょ正はいつもぼやく。披講のさい、あまりの悪口に耐えられず、批評をさえぎり、「そうは言っても、できなかったのだから、仕方ないさ」と言って、みずからが作者であることを白状してしまう。

魚や海の状態などを、南酔や醸児と話しているときの、さすがプロといった言辞と、「もう俺はどうしようもない」といった俳句のときの表情の差は、まことに興味深い。

時間を経ると良さが匂いたつ、ぎょ正の作品

裏木戸の水まくさきにあしびあり

これは記念すべきトップ賞の作品である。〇印を四票獲得した。二〇一一年四月四日、浅草大黒家での第三十八回醸句会であった。当日の席題は、「馬酔木」「塔」。これからは席題も、たまには季語から離れてみようということで「塔」が選ばれた。言うまでもなく、着工中で、当時完成間近だった「東京スカイツリー」からの発想である。

ぎょ正の句には「水まくさきに」と「あしびあり」の間に、わずかな時間・空間が生まれている。ふと目をとめると、その先にあしびが……という風に読み手には感じられる。ほんの少しの驚きを読む側も感じとれるのだ。先の「利尻」の句と構造は一緒なのだが、利尻には驚きがない。あまりにも当たり前に結句がついてしまう。時間のたゆたいがあるかどうか、それによって味わいが変わってくるいい例だ。ちょっとしたことなのだが、ここが俳句の妙味なのだろう。

そのとき、同じく四票を得た作品に、枝光の震災・原発事故への追悼の一句があった。「塔立てよ受難の春に塔立てよ」。三月十一日からひと月もたっていないときだけに、メンバーはかなり興奮気味であった。放射能の広がり、電力会社の隠蔽体質、政府の対応の遅れ、これからどうなるかなど、額を寄せて俳句どころではないと言わんばかりに、語り合った。その思いが、やや観念的な枝光の句に寄せられた結果の票数だろう。ほかにも追悼句らしきものが多かった。

弔いの鐘揺らし咲く馬酔木かな　蒼犬

悲哀満つ大地の隅で馬酔木咲く　北酔
塔残る大津波跡の四月かな　鬼笑
波高く塔も倒れし余寒かな　出味
故郷や津波も知らず馬酔木咲く　敦公

話がそれてしまったようだ。ぎょ正の句をもう少し検討してみよう。

水落とす畔《くろ》に道引く泥たにし
なく声も蓮根田《はすだ》のすみのひきがえる
夏やせや土間にしゃがんで水をくむ
寒すずめかやにかくれて富士おろし
松の葉のくきにあわふりほたるがり

ぎょ正ならではの観察が発揮された作品だろう。たにしなど、図鑑でしか見たことがない小生にとってみれば、一句目は驚愕である（私がおかしいのかもしれない）。「畔」を「くろ」と呼ぶのは慣用なのであろうか。それがまた味わいを出している。四句目もおもしろい。富士からの寒風が吹き下ろしてくる頃、すずめは茅葺きのなかに隠れる。都会では決して体験できない事実が詠まれている。素朴かもしれないし、句会では点数を獲得できない作品かもしれないが、このように書き写していると、ぎょ正作品の良さがじわっと伝わってくる。

たった十七音しかないにもかかわらず、個性はおそろしいくらいににじみ出るものだ。私たちは○×にどうしても一喜一憂してしまう。そこが度し難くダメなところだ。つねに反省するのであるが、いつも同じことを繰り返す。

句会記録を管理し、データ化している鬼笑がいつも言うことであるが、パソコンに打ち込んでいると、無印の作品に惹かれることが多いという。目立たないが、時間を経るとなんとなくいいなあという気配が匂いたつという。瞬間勝負では、作品の良さが見えにくい。発見できない。しかし、もう一度書き写すと、なぜ選句できなかったかと反省しきりになる。分かる感じがする。「泥たにし」の句などはその典型かもしれない。

生活感にじーんとくる出味の作品

続いて出味に移っていこう。

デミグラスソースを連想して、つい「デミ」と言ってしまうが、俳号としては「イズミ」と読む。初めて参加したのは、二〇〇六年暮れの第十回醸句会である。よく考えてみると、翼よりも、蒼犬よりも古参である。しかし、謙虚で誠実な風貌もあって、なんだかいつも新鋭のような感じがする（といって翼や蒼犬が最初から威張っていたと言っているわけではない。誤解のないように）。最初、制限時間内に出句の五句ができず、記録によれば二句しか投句していない。本人は恥ずかしいだろうが、その記念碑的作品を紹介してみよう。

水墨の龍立ちまわる寒雷で
寒雷でもぐるこたつに絡む足

ともかく生まれて初めて俳句を作ったそうであるから無理もない。緊張で震えたそうだ。誰かさんにその爪の垢でも煎じて飲ませたい。

二句目は分かるが、一句目はみな首をひねった。屏風の絵柄を見立てたのであろうか。残念ながら無印。披講のときの発言にも印象はない。ともかく十七音にまとめたにすぎなかったのではないか。冷や汗をかきながら、しかもぼろくそに言われる。なぜこんなことをよろこぶのか、実業の世界にいる出味ははじめ想像ができなかったであろう。

小泉醸児との付き合いは創業者の先代社長からで、以来、もう四十年になるという。彼がメールで書いてきた一文にこんなことが記されていた。「奈加野はそれまで飲食によく利用させて頂いておりましたが、このときばかりは頭が真っ白になり、奈加野にいる雰囲気も料理どころでは有りませんでした。舞台に立たされている様な上がり状態でした。句が出来ず、時間に追い立てられる緊張感とギブアップしたときの脱力感。『やはり場所をまちがえたかな』と後ろめたさを感じていました。この状態は当分続きました」。そうだろう、頭が真っ白という気持ちはよく分かる。

北海道遠軽町出身（オホーツク、サロマ湖に近い山間《やまあい》の田舎）だそうである。北海道で俳句は盛んなのだろうか。ついでに身辺情報として、次のようなことが追加されていた。

「小泉先生の処方による、発酵の力で生まれる世にも珍しい料理酒『出味酒』（商標登録）を発売します。現在試作中ですが、調理に必須、美味しさを創造する驚愕の天然調味料です。商品名にまで『出味』を使う責任の重さを考えると、俳句のレベルを上げなければ？と思うのですが……」。

たしかにそうだ。もし大ヒットでもしたら大変である。醸句会も有名になってしまう。水野出味の作品だって世間に披露されてしまう。そういう作品があるのだろうか。出味の責任だけでなく醸句会のレベルが問われる。真剣に考えなくてはいけないだろう。

出味が初めて〇印二票を得た作品をまず紹介しよう。

夏萩や小堂のかげの地蔵帽

感じのいい小品である。鄙びた村はずれの風景が見える。お地蔵様が赤い帽子でもかぶっているのだろうか。出味のふるさとの記憶かもしれない。目立たないが味わい深い。もう少し票を集めてもよかったのかもしれない。

手を合わせ爪先立ちの御開帳

すでに紹介したが、初めてトップ賞になった記念すべき一句。二〇〇九年四月、浅草大黒家での第二十五回醸句会のことだった。先に紹介した「四国路や今年は埃《ほこり》の御開帳」（醸児）の作品と並んで、高い評価を受けた。

醸児の仏閣に比べ、出味の描く寺は人出が多い。有名な秘仏でも公開されたのであろうか。一目見たいと多くの人が集まってきた。それゆえ爪先立ちなのである。ありがたいと言って手を合わせながらの爪先立ち。そこにちょっとした皮肉な感じとユーモアが出ている。のんびりとした醸児の作品と好対照である。しかし、甲乙つけがたく、どちらもおもしろい。

悪口ばかりのメンバーたちもかなり誉めていた。ただ、出味の句だとは誰も思っていなかったところが作者としてはくやしいところだ。なお、参考までに、その日は蒼犬デビューの日だった。同じ御開帳で、こんな作品を残している。すでに紹介したが、「御開帳集まりて問う病かな」である。この作品からはイメージや光景が立ってこない。観念でしかない。翼は、「定年や我が人生もご開帳」などと言って、みんなを笑わせ、×印一を得ている。枝光は、「開帳や信濃は遠く浅草寺」。これはいま句会を開いている浅草の地への挨拶と、その日、初登場の信州出身蒼犬への挨拶のつもりであったろうが、誰にも理解されず独りよがりと酷評され、結局、×二を食らってしまった。

こうやって、「御開帳」という席題による作品を並べてみると、出味の句はかなり優れていることが見えてくる。しかも、作者の個性とか、出自、あるいは思想も見えてくる。俳句をばかにしてはいけない。おそろしいものだ。

浜木綿《はまゆう》や長崎鼻を越える波
橋渡る背負子《しょいこ》の籠に葱香り
六地蔵合わせし手にもつららかな
ほっかぶり越しに二鎌青田かな
父の手にうるめいわしや二、三本
そばの花紙ヒコーキの消ゆるまで

好評だった作品をピックアップしてみた。ここには一本貫くものがある。それは風景がなつかしいということである。いまの日本から失われた情景が詠まれている。例えば「背負子」。現在の農村からは消えつつある。しかもどこかに貧しさがにじんでいる。三句目などは、極寒のオホーツクを思い起こさせる。手を合わす地蔵にも氷柱が下がっている。私には四句目がよく見える。腰に鎌を二本差し込んでいる。手拭いをほっかぶりしているのは暑さよけであろう。これから雑草でも刈るのであろうか。向こうには青田が広がっている。六月ぐらいの風景か。田舎訛が聞こえてくるようだ。

うるめいわしは小さいイワシだ。おもに干物として食べる。そこにある生活感にじーんとくる人も多いのではないか。農作業でおそらく父の手は日に焼けているだろう。一日のつかれを冷酒で癒やしているのかもしれない。囲炉裏端で加藤嘉《よし》が演じてもいいような場面である（これもまた古い比喩だ。分からないだろうな）。

誠実、篤実なだけだと×印すらつかない

出味の問題点はなにか。それは×印が意外につかないことだ。どちらかというと無印が多い。表現に飛躍が少ないためであろう。穏当に十七音が終わってしまう傾向がある。南

酔の俳句のように、鬼面人を驚かすとまでいかなくても、どこか読む方がはっとする箇所がもっとあった方がいいのではないか。たとえそれが失敗に終わっても、言葉と言葉のつなぎに、飛躍があるべきなのだろう。また発想に奇抜さが少ない。ボキャブラリーにも豊かさがほしい。誠実、篤実な作者がそのまま出ている。

酒をくみ友と別れて秋の蚊帳
馬肥ゆる一歩一歩の登り坂
土香り畦に水打つそばの花
白浜を行きつ戻りつ潮干狩り
会う人に身内話しの花御堂
ひと事を終わりてほっと花みょうが

これらの作品からうける感想は、ふつうだなあという思いである。冒険がない。凹凸が少ないと言ってもいい。言葉の問題があるのかもしれない。もっと大胆な使い方が必要なのであろう。初句から順当に流れているので、切れがない。そういうこともあって、選句からスルーされてしまうのだろう。ワンポイントの味つけがほしい。選ぶ方の気を引かなければならないからだ。

たかが十七音でもむずかしいものだ。「俳句でもやろう」といった人間の責任は大きい。「でも」が結局、私たちをかなり縛ってしまった。苦しい日々になってしまった。

だが、われわれのいいところは、そんな苦労も、酒のうまさによって、たやすく転換できるところにある。腐したり、誉めたり、照れたり、ちょっと鼻を高くしたり、自嘲したり、落ち込んだり、両手にあまる賞品を抱えて帰るつらさを自慢したり、なんとか苦しさをたのしさに変えているから句会が続いているのである。

言葉を節約しないと切れが生まれない

さあ、これでメンバーの作品の紹介は終わった。そこで、陰の声。お前さんの作品にまったく触れていないのは、ちょっと、アンフェアではないかな……。たしかにそうなのであるが、どうも自己分析は面はゆい。どうしようか。

一方的に、他人の作品を裁断し、かつ偉そうに分析して、いったい「何様」か。反省がない、謙虚さがないと、枝光などは思っているにちがいない。仕方がないので、ほんのちょっぴり作品を挙げて、考えてみよう。

一回目からの作品をつらつら眺め、啞然とした。ほとんどトップ賞がないではないか。たしかに票は入っている。だが、多くの仲間から断トツに支持される俳句は、本人が想像する以上に少ない。宗匠の肩書きが泣いてしまうほど少ない。

寒の雷波のしぶきを渡りけり
一夜経てさし向かいたり蜆汁
泣き虫のまわし真白き宮角力
目で告げてマスクの顔と別れたり
朝寒にしろき身の透く露天風呂

このような作品の評判がよかった。どこがメンバーに気に入られたのだろうか。おそらく、作品から絵が見えるからだろう。例えば、三句目。痩せた少年の貧弱なお尻が浮かんでくる。秋の肌寒い空気のなかでの宮角力。観客の掛け声が聞こえてくる。四句目は二票しか獲得できなかったが、帰り道に南酔から、もっと入ってよかったと慰められたことを思い出す。

たしかに悪くはないのだが、全体に、どこか驚きがない。整っているかもしれないが、読者を驚かすものが少ない。抽象的な言い方だが、句と句の間の距離が短い。俗に言えば、跳んでいないのだ。平凡なのかもしれない。

十七音しかないにもかかわらず、ゆったりと語っているのではないか。これは自分が三十一音に慣れているからかもしれない。もっと言葉を節約しないと切れが生まれない。

> わずか十七音の俳句では、豊かな内容を盛り込むために、一切の無駄を省いて、焦点をはっきりさせ、きっぱりと「切れ味」のある表現をしなければなりません。（中略）その句切れを作るためには「や」とか「かな」といった「切字」を用いることもあれば、とくに「切字」は用いなくても、意味上、〝切れ〟の働きを工夫することもできます。また、〝切字〟を用いても、はっきりした〝切れ〟の働きをせずに、係り結び

のように句末の留《とま》りにかかってゆくような機能が発揮される場合もあります。

（堀切実『芭蕉たちの俳句談義』）

引用の文章のように、どうもそのあたりが足りない。切れがないというのは、焦点が定まらないことのようだ。場面を作りすぎる、つまり物語的になってしまうのは、短歌のせいかもしれない。

俳句に馴染んでいる人は、短歌の七七がどうも邪魔だと言う。歌人は、俳句についい七七をつけてしまう。そうすると気持ちが安定する。定型に親しむということはそういうことなのである。

俳句では絞ることが大事ということだろう。マスクの作品でも、「て」「と」が、ゆるい、ぬるい。もう少し、焦点をはっきりさせなければならない。反省するが、頭で分かっても、実作ではなかなかうまくいかない。特に、仲間と競作しているときは、頭に血がのぼり、かーっとして、なにがなんだか分からなくなって、結局、「えい、いいや、勝手にしろ」と開き直ってしまう。もちろん、その結果、惨敗となる。いつものパターンである。

意味から作られて俳句になっていない少賢の句

私の作品の特徴は、次のような×印のついた作品にはっきりとあらわれている。

菜の花のような後姿《うしろで》思い出す
妻の顔もう忘れたり伊勢参り
夕立に元気の戻る雷門
君といて毛布とりだす夜寒かな
うららかにうたう花組男役
つららよりうれしき音のしたたりぬ
秋の声はやく眠れと叱らるる
山辺の道に微笑む花馬酔木

書き写していると、あらためて俳句になっていないなと思ってしまう。意味から作られている俳句ばかりだ。これはだめだ。がっくりくる。

一句目を見てみよう。像が浮かんでこない。まさに切れがない。読めば内容は分かる。しかし、俳句としての屹立感が皆無。

「少賢は作句に行き詰まると、すぐ相聞的なものを出す」と批判されるが、まさに困ったときの失恋である。「菜の花」であろうと、コスモスであろうと、これでは同じである。

「伊勢参り」が春の季語だとは知らなかった。なんとも作品が作りにくかったことを記憶している。「弥次喜多」ばかりがちらつくので困った。あまり長い旅なので、妻の顔も忘れたという意味であるが、伊勢参りとの取り合わせがちぐはぐである。

三句目はもっとも悪評高かった作品だ。浅草は鬼門だという伝説はこのときからはじまる。この句はブーイングばっかりだった。作者としては、激しい夕立がきた、するとなんだかぼんやりしていた雷門が、どことなく潑剌としてきたように感じられた、ということを詠みたかった。それはまったく伝わらなかった。

夕立と雷門になんら内的な緊張がない。また、言おうとしていることがはっきり見えない。バラバラだ。挨拶にもなっていない。だからどうなんだ。日頃のうっぷんもあり、次から次へと、止むことがなかった。「もういい、勘弁して」と披講の立場を忘れ、ただただ頭を抱えるだけであった。あれほどの屈辱はない。イヤー、思い出してもぞっとする。

雷門に比べ、ほかの句での厳しい批評など、軽いものだ。しかし、読みなおしてみても、どうもうまくない。毛布の句はパターンだし、五句目など、だからどうしたと言われるとまことに言葉がない。六句目の「うれしき音の」としたところのまずさ。仲間に指摘されるまでもない。

もう少し、ショットというか切り取りがシャープでないといけないだろう。短歌も残している俳人に加藤楸邨がいる。どこか物語風なところがあって、折にふれて拾い読むことがある。

学問の黄昏さむくものを言はず
寒雷やびりりびりりと真夜の玻璃《はり》
幾人をこの火鉢より送りけむ
音もなし氷柱《つらら》が刺せり最上川
猫が子を咥へて歩く豪雨かな

こういう作品にある緊密さ、鋭さがどうしても私には欠如している。俳句によって発見された風景が楸邨の句にはある。三句目は、教師としての感慨、応召される教え子への思い。火鉢が絶妙の働きをしている。感慨が深い。こういうものを読むと、十七音によって、かなりのものが把握できることが実感できる。

それに比べて私の句はどうだ。ただただ反省するばかりである。

よく分かっているつもりなのだが、いざ、席題が出て句作をはじめると、あたふたして、元の木阿弥になってしまうのである。いつになったら、鋭くて、迫力のある作品ができるだろうか。

×印がつくのも上達の証、新入り入海

長々と悔恨ばかりしてもいけない。最近、入会したふたりのお嬢さんも紹介しないといけないだろう。

「いつも若者扱いされていてうれしい」という内海陽子さん。実際は、それなり?だそうである（本人の弁）。俳号は入海という。サントリー広報部で「サントリークォータリ

ー」の編集などを経て、現在はフリーの編集者兼ライター。ご本人がいろいろ言おうとも、おじさんから見たら、相当に若者という意識が満ち満ちている。すでに触れたが、どうも彼女たちには甘くなる。翼はそのことをいつも指摘する（たしかにその傾向は否めない。ごめん）。

デビューはまだ新しく、二〇一〇年六月三日（第三十三回）であった。席題は「雪渓」「朝凪」「木苺」。散々だったから、くやしかったにちがいない。五句作ったのだが、〇印も×印もまったくつかず、五句いずれも無印だった。作者にとって、×印よりも屈辱だったのではないか。翼のように×印がたくさんつく方がまだいいかもしれない（判断はむずかしいが）。無印というのは、スルーされ、目に留まらなかったということである。「私をなんと思っているの」という気分になるだろう。次のような作品であった。

いるか待ちはやる心に朝の凪
印画紙に雪渓写す喜寿の父
白い月消えゆく空の朝凪や

雪渓を思い描いて涼風吹く
さやさやと揺れるみどりに覗く木苺

なるほど、あらためて読むと、なぜ素通りしたのかがよく分かる。どこか中心がないのだ。パズルのように五音と七音を組み合わせているにすぎない感じがする。

批評がしにくい。入海いわく、頭が真っ白になったと、私宛てのメールで回想していたが、その気持ちはよく分かる。

二回目は以前に比べ、批評の対象になった（題は「朝寒」「茗荷花」「墓参り」）。

後で寄るうなぎ屋目当て墓参り
「元気でね」声かけ帰る墓参り
重ね着の我がみょうがの衣むく

ところが、である。四句提出のうち、はじめから×印三、二、一と計六個もいただいてしまった。無視の次は×印。座のメンバーが本当に若者にやさしいかどうかは、はなはだ疑問である。メンバーの俳句にかける公正な目がこういう結果になってあらわれた。翼の疑いがいかに不当なものかが分かるだろう（どうですか？　翼さん）。

入海はめげない。ニコニコしながら、悪口雑言、毒舌暴言、虚言空言、蜚語妄語の飛び交う場を眺めている。言うまでもなく、われわれよりもずっとオトナなのである。そして、少しずつコツを覚えてきている。

ゆらり揺れ傾く塔に春宿り
学び舎に蚕飼う日の淡き恋
ぬけ殻を差し出す右手汗にぬれ

○印三がはじめの句。二句目、三句目が○印二であった。こうやって、お嬢さんは、次第におじさんたちを追い抜いてゆくのであろう。

勘所が見えてきた？　手堅い酔花

入海と一緒に参加したのが、木村由花さんである。新潮社の文芸誌編集長（最近、文庫編集部に移られたという）。俳号は酔花である。酒豪なのであろう。南酔、北酔は、かわいい妹ができたと思ったにちがいない。わがままな作家を相手にしていることもあり忙しいからか、入海に比べ出席率はやや劣っている。しかし、作品は手堅い。

朝凪の跳ねる魚に起こされて
赤毛のアン読んで木苺どんな味

これらは○印一を得ている。もっとも、次のような作品にめでたく？×印を食らっている。

雪渓に砂糖をふればモカアイス
朝凪や今日はどこまで行けるやら

最初のものはたしかにひどく、これでは親切じいさんも救えない。×印二は運がいい方だった。

桶に汲む水も少なく秋墓参
新幹線早めて出張墓参り

こういう佳句を作れるのだからなかなかである。しかし、まだ作句数が少なく、酔花の将来についてはなんとも言えない（偉そうなご託宣である）。

露寒むの朝餉の椀を捧げもち

最近作である。なんとなく俳句の勘所が本人に見えてきたのかもしれない（再び偉そうな言い方。恥ずかしい）。

最近は、少し時間にゆとりが出たらしく、出席率も高くなった。これからの飛躍を期しているのだろう。

第九章

血で血を洗う句会風景

披講こそ最高のストレス解消

私たちのストレス解消法は、披講にある。日頃、蓄積したボキャブラリーがこの場で過激に全開する。これでもかという悪口が飛び出す。魯迅の「打落水狗」ではないが、×印を食らった作品への二の矢、三の矢の激しさは、傍で見ていていたたまれないほどだ。魯迅が言った「フェアープレイにはまだ早い政治・社会状況」というのとはちがう。個々の性格、習性の発露なのであろう。もちろん○印をもらった作品にもやさしいわけがない。いずれにしろ、傷に塩を塗り、穴が開いたところに辛子を塗り込む。もちろんやられた方はたまらない。なかには必死の抵抗を試みるものもいる。

これから、句会披講の一端をご紹介しよう（録音したものの一端である）。その日の席題は「鹿」「数珠玉」「露寒」であった。まず○印三票の作品からはじまる。

・「鹿の目になにか遠くのもの映す」。これが三票。誰が入れているの。おおっ、出味、翼、それに枝光だ。どうしてこれなのかなあ。では、はじめに出味から感想をどうぞ。

・なんとも言えない鹿の哀しさのようなものが見えます。焦点がよく分からないのだけ

披講では容赦なく辛子を塗りたくる。司会は宗匠・少賢。

れど、深くてさ、なにか広がりを感じるのだなあ。そこがいい。
・翼は。
・その通り。
・えー、それだけ。余計なこと言わないように警戒していない？
・さて、次に理論家の枝光。どうかしていない。なぜこれがいいの？
・いやー、翼と出味と一緒のものを選んでしまったとは。参ったなあ。
・それって、どういうこと。
・使われている言葉がみなあいまいじゃない。それにどこかぼやーっとしているよ。なにか、遠く、映す。どうもはっきりしないよなあ。

・だからいいのよ。
・これって、動物園の鹿なのかな。野山にいる鹿の目などは覗き込めないな。
・鹿の場合、哀しい目などと詠みがちだよな。いかにも観念という気がしない？
・多分、勝手な想像でしょう。
・俺、こんな句があったのを知らなかったな。
・×が入ったっておかしくなくない。これじゃ虎の目だって通ってしまう。
・虎じゃおかしいよ。
・いや、豚だっていいよ。
・これ、あなたの作品ではないよな。まさか、蒼犬？　こんな下手な句は作りませんと
いった顔をしている。
・いったい誰？
・南酔です。
・えー、こういう句を作るかな。
・へー、驚いた。まさか。
・なに、なにが鹿の目に映るのかな。

・宗匠に言いたいことある……。俳句は分からないところがいいんだって。それは短歌とのちがいだよ?
・そうだけどさ、分からなくてもさ、おもしろければいいのだけど、つまらなくては仕方ないよな。
・俺はいいと思うけど、でも、これやっていると、現代詩人としては発展しないのじゃないかな。
・なんじゃ、それ。
・誉めているのか、貶しているのか。さっぱり分からないなあ。
・すげーことになったな。

いま、当日のテープをもとにして概略を書き起こしているのだが、文字通りに受け取ると、メチャメチャに厳しく感じられるだろう。しかし、問答の合間は笑い声ばかりである。ほとんど冗談すれすれの会話だが、飲みながら、食べながら、各人はそれなりに真剣なのである。

ついには作者の人格まで責められる

・次、いきましょうか。○印は早く済ませて×へいこうよ。○印二が「じゅず玉や枕の中のひとりごと」です。
・誰入れているの。また、枝光だ。
・どういうことなの。どこがいいの。分からないなあ。
・うーん。まあ、そうだな。なんていうのか、いいんじゃないかな。
・切れ味よくない。枝光らしい鋭い批評はないの。
・俳味があるとか、ないとかさ。
・俳味がある。
・言われた通り言って、どうする?
・思考（枝光）停止だな。
・これ、どこがいいのだろう。
・入れているくせに、なに言ってるのよ。
・どうですか（「奈加野」の主人が入ってくる）。
・いやー、いまやっているのですが、接戦なんだよ（なんだかよく分からないコメント）。

・いま、枝光から批評の言葉が出ないんだよ。
・たしか、長谷川櫂の俳句で「冬近し柱のなかに波の音」っていう句があるんだよ。
・うん、それいいね。
・じゅず玉とどういう関係があるの？
・うーん。
・まだ、言葉が出てこないなあ。緊張しているの？
・まさか。
・老人性かもしれないよ。
・思い出しているの？　昔のことが聞こえてきたんだよね。
・じゅず玉だから聞こえてくるわけよ。じゅず玉の入った枕なんだ。綿とかそういうものでは聞こえない。
・じゅず玉が喋っているように……。
・厳密な意味を求めるところに、みんなにちょっと難があるなあ。そのまんま、受け取ればいいんだよ。
・でもどう受け取るんだよ？

・昔は、そばの枕でしょう。
・「や」で切れているのでしょう。枕にじゅず玉なんて入れるのかな。
・いや、いちばん高いのがじゅず玉入り枕だったんですよ。
・そうなんですか。
・寝ていると、ひとりごとがぶつぶつ聞こえてくるっていうわけ。俺の句にあいつは入れなかったなんてね。
・なんか、はっきりしないなあ。でも、こういうこと知っているのは醸児かもしれないな。作者は、どなたですか。
・はい。醸児。小さい頃、じゅず玉入りの枕で寝ていたんだよ。高級なんだよ。すると、ごりごりしてさ、なにか、みんな同じようなことを喋っているように聞こえた。
・へー。そうなのか。

大体、こういう調子である。俳句としての欠陥のほかに、作者の人格まで責められる。また○印をつけた責任が問われる。文学的感性がない、低い情緒に流れている、品性がよくないなど、およそ俳句からは遠いことまで言いつのられる。ふつうの感覚では、それだけの悪口・罵声の連呼にはなかなか耐えられないものだ。そのなかで、悠々と酒を飲み、刺身を口に入れ、鍋に箸をつけられるまで、どれほどの忍耐と努力が必要なのか（いや、そんな努力をしないで身につけた豪傑ばかりであるが）。常人には真似のできない対応なのである。

冗談・反論・脅迫・哀願・開き直り……

次に披講された「鹿の目の哀しき深さ琥珀かな」に、これは雌鹿を争う闘いに敗れた雄鹿の目であるという醸児の想像力豊かな解釈が出たりする。でも、「琥珀かな」は適当すぎるという反論。一同、その通りと納得。「数珠屋町」という固有名詞を使った一句が山川登美子の本歌取りか盗用かの対立に、「これは東洋一だ」と、ダジャレで開き直ったり、メンバーの教養・学識・イマジネーションがフル回転する。

俳句は十七音しかないから、意味は正確には分からない。それをみんなで寄ってたかって鑑賞し、解読する。それぞれ生まれも育ちもちがうから、それがおもしろくなる。自分の経験をフル回転させて句に向かう。ある句には厳密なリアリズムを要求したかと思うと、ちがう作品では思いがとことん羽ばたき、想像の世界に遊んだりしてしまう。他人から見れば、まことに自分勝手、まったく一貫性がない。でもそこがいいのである。

そのうちに、「幼い」「ふつう」「平凡」「工夫が必要」といった批評用語では物足りなくなってしまうから不思議だ。

「荒らされて鹿をうらまぬ山の人」という句に、なぜ票を投じたかをかなり厳しく責められる。作者ではなく、○を投じた人が。「いまさあ、食べ物のなくなった動物が里に下りてくるでしょう」と言いはじめると、「そのママ俳句だよ」と声がかかる。えせヒューマニズムだなどという揶揄が入る。「だけど、分かりやすくていいと思ったの」と、票を投じたものがキレる。「こういうものに入れる人間性に問題があるよな」などと言いつつ、「いいと思う人なんて、まったくいないんじゃないかな」と見回す。沈黙を守っていたメンバーのひとりが「いや、これはいい句だよ」と平然と言い放つ。「えー?」「どうして、おかしいんじゃないかあ」などと、ブーイングがわんわん。すると澄ました顔で、「だってそれ、俺の句だもん」といった珍問答も出てくる。全員、「ガハハハハ」とのけぞるのである。

「ひねりがまったくない」「お坊さんみたいになっちゃった」「○をつける人も問題だし」「いや、裏の裏を読んだんだよ」「いや、これは賞品をもらえる一句だと思っていたんだけどな」「世間を甘く見ていない？」「どうして、いつもケチつけるの」「今日の批評のいちばんの名文句だ」「鑑賞は知識の披瀝しあいではない」「分からないのかなあ、この良さが」「分からない奴にはいくら言ってもなあ」などなど、冗談・本音・反論・脅迫・哀願・開き直り・韜晦《とうかい》・捨て台詞が、終わりまで縦横に絡むのである。

ややもすると、作品を深読みする。過剰に読んでしまうところが私たちには少なくない。だからこそ、素直に鑑賞したらどうしてもそんな風には思えないと言われると、深読みした方は、へなへなになってしまう。

また、気のつかなかったところを指摘されると、「そうか」と素直に感心するのも、醸句会の良さである。一票しか入らなかったが「露寒むや縛られ地蔵の眼は残し」についてのやりとりがすすむにつれて、なかなかいい句ではないかという共通認識に達した。信州出身の蒼犬の民俗的考察などが加わる。「かなしいほど縛られているんだよ」「ところが眼だけ残っているんだよ」などと、説明に熱が入る。「そう聞くといいなあ」「もっと入ってもよかったなあ」などという声も出る。「俺たちは読解力がないなあ」。反省しきりである。作った南酔は、「おい、おい、もっと早く気づいてよ」と嘆くのだが、あとの祭りである。これが句会のむずかしさである。一瞬、分からないとか、気づかないとなると、全員が袋小路に入ってしまう。いい句に○がつかないこともある。その良さを見逃してしまうことも少なくない。

「頭おかしくなったんじゃない?」

・×にいってみよう。まず今日のハイライト。×印三の作品「若きらがあふれて渋谷露寒し」。
・鬼笑、蒼犬、出味。三人が×です。
・あのう。
・「奈加野」への挨拶句だよね。
・渋谷って、季節感のない街だしな。なんだか、上下が合わないよ。
・当たり前で、そこに季語をくっつけただけ。
・若きらがあふれてと渋谷を付け合わせるのは、あまりにも常識的! それに「露寒し」が合わないのでは?
・どこからとってもよくない。なぜ、全員が×をつけないのか、それが分からない。
・そっち、お酒ありますか。

・すごい批評！　たしかに意図が分からないね。
・飛躍があって、いいのでは。
・どこに飛躍などあるの？
・×などつけるのもちょっとね。だから無視。
・それの方が厳しいな。
・意外性がない。季語が効いていない。単に、くっつけただけの気がするな。
・渋谷への見方がひどく常識的だよな。
・「て」がどうもうまくいっていない。「露寒し」との響き具合がね。よくないよな。理由の「て」にとられそうだ。
・だからどうした、といった半畳を入れたくなる。
・まったく個性を感じない。
・誰、作者は？
・枝光です。
・今日は不調だなあ。
・イヤー、駅からここへ来るまで、寒いじゃないか。

・だから、なんなのよ。
・おめでとうございます。枝光がねえ、いやーよかった。こういう作品を提出するのって、うれしいじゃないか。
・いまや伝説になっている宗匠の「雷門」の句と双璧のひどさだ（「夕立に元気の戻る雷門」）。挨拶句はどうしてもこうなってしまうんだよ。これで、少賢のかつての伝説が少し消えたね。
・雷門を超えるのはなかなか大変だけれど、肉薄しているね。
・今日、最初に作った句なんですよ。これで○印三ぐらい獲得したな、なんて思ったんだけど。
・えー、本当。図々しい。信じられない。
・それはおかしいよ。頭おかしくなったんじゃない？
・天才の気持ち、分からないんじゃないかな。
・反省が足りない。開き直りがひどい。
・見ていたら、翼が入れそうになっていたんだよ。それで、ああ、まずいと思ったね。でも、それも止めちゃった。翼にも見捨てられてしまったかと。

・なぜ、私だけがいじめられるの？　これから見てなさい。
・次、いこう。×印二。南酔、醸児。「数珠玉やざわわざわわと葉がそよぎ」。
・「ざわわざわ」というのが……。
・「ざわわざわわ」ですよ。
・森山良子のあれですか。
・そのまんまでしょう。つまらないよな。
・「葉がそよぎ」もよくないよな。オノマトペと同じじゃん。もう少し、ちがうこと言いたいよな。
・この句は私なんだけど。もう、最初にね、「ざわわざわわ」が頭にあって、離れないのよ。使いたかったの。そこで数珠玉についくっつけてしまったのよ。
・それはいいんだよ、さっきの「盗用一（東洋一）」よりも健全だ。
・だけどさ。
・いくらなんでもさ。
・あんまりこだわるような句でないぞ。次にいこう。もう無印になるが。まず「露寒に鐘の音《ね》濡るる善光寺」。どうですか。

・これは頭で作っているね。これこそね。
・よくある、よくある。発想も類型。
・みんなはこれを×をつけるまでもないと思ったぐらいひどい。
・すみません、少賢です。おっしゃる通りで、最後、どこの寺にしようなんて思っていたくらいだから、まずいよな。×がつかなくてよかったくらいだ。もういいよ。次にいこう。「数珠玉や万死の空《くう》によみがえる」。
・「万死」が分からないね。「万死に値する」などと言うが。
・いや、これはね。多分、今回の東日本大震災の死者ではないかな。
・ああ、そうすると実際の死者の数なのか。
・ああ、そうか。そうなると、ずいぶんちがって見えるね。そうなるといいねえ。
・「空《くう》」などと言わずに、「空《そら》」でよくない？
・気持ちは分かるけど、作者の腕がついていない。もう一息だな。
・×印三の作者がよく言うねえ。
・作者誰？
・鬼笑です。

・むずかしい言葉を使うのは鬼笑だよな。

出来がよすぎる日はつまらない

優れた投手でも、好不調がどうしてもある。われわれもそうである。不思議にいい句がたくさん集まるときがある。席題も関係しているのだろう。「夏衣」「蟬」それに、鳥越のおかず横丁の都寿司にちなんで「横丁」という席題での句会が、その絶好調の日に当たっていた。参加者は、蒼犬、敦公、南酔、少賢、鬼笑、入海、釀児、出味、ぎょ正、翼の十人。圧巻は、蒼犬であった。

青年のくるぶし高き夏衣　(○印四)
青梅を一升マスで売る横丁　(○印三)
氷屋の旗垂れ横丁真昼かな　(○印二)
精巧ということばありセミの殻　(○印一)

出句四句すべてに○印がつく。いわばパーフェクト。これには口うるさいメンバーもがっくり。名をなさしめるとは、こういうことを言うのだろう。
・くるぶしが高い。うまい着目。絣の浴衣でも着たイケメンが見えるよなあ。
・くやしいけれど○をつけてしまった。
・すっきりしている。
よこしまで、ねじくれたところが少なくないわれわれでも、ときおり脱帽する。そういう一句だった。その他の句でも……。
・「一升マス」がいいよな。
・「氷屋」の旗が垂れ下がっている。いかにも気だるい夏が伝わってくる。
・蟬の翅《はね》など芸術的だよな。あれは本当に「精巧」だ。うまいよな。
これはそのときの感想の一部である。披講されるたびに、「蒼犬」と手を挙げる姿が思い出される。「えー、また」と、嫉妬とも賞賛とも、くやしさとも「この野郎」ともつかぬ視線のなかで、蒼犬はまさに女王であった。○印計十。こうなると、いくらほかの句の出来がよくても見劣りしてしまう。しかし、その日はほかのメンバーも好調であった。

夏衣ありか尋ねし妻は病む　敦公　（◯印三）
夏衣着てまた人に使わるる　南酔　（◯印二）
片日陰横丁を出て横丁へ　南酔　（◯印二）
蟬鳴くや坂尽きてより旧兵舎　南酔　（◯印二）
横丁に豆腐屋を待つ夏椿　少賢　（◯印二）
節電の朝《あした》こじあけ油蟬　少賢　（◯印二）
夏衣雲せめぎあう貴船口　鬼笑　（◯印二）
ぬけ殻を差し出す右手汗にぬれ　入海　（◯印二）
夏衣墓場の僧に蝶一羽《ひとは》　醸児　（◯印一）
少女らにむせぶ車内や夏衣　少賢　（◯印一）
節電や薄め仕立ての夏衣　出味　（◯印一）
夏衣瓦礫瓦礫の果てしなく　鬼笑　（◯印一）

書き写してみると、みな出来がいいように思う。南酔など、◯印が計六、少賢も◯印が計五である。普段なら、醸児提供の賞品を抱えて帰れるのであるが、蒼犬にさらわれてしまった。「片日陰横丁を出て横丁へ」「節電の朝《あした》こじあけ油蟬」などは、蒼犬に遜色ないと思うのだが。こういうことがあるのである。

そうなってくると、×印がつけにくくなる。とんでもない句が出なくなる。上達した証拠だが、逆に、おもしろくない。話題が生まれない。「ほたるがりランニングシャツ半ズボン」の待望される理由である。

横丁を抜け風鈴金魚寿司草履　入海　(×印二)
三人衆そろいの夏衣客を待つ　ぎょ正　(×印二)
焼きとりのにおいやすだれ横丁へ　出味　(×印一)
夏衣はやる想いで袖通す　翼　(×印一)
目黒川水跳ね黒し蟬の音　出味　(×印一)
打ち水やひんやりとして横丁へ　翼　(×印一)
友集いおかず横丁華やげり　敦公　(×印一)

平凡かもしれないが、しかし、それほどひどいものはない。無印の「名月を横丁にまで案内す」など、ふつうだったら〇印が二つぐらい入るのではないか。作者翼も、なぜ入れてくれないのかと、柳眉を逆立ててくやしがっていた。運・不運、まさに人生そのものであった。そういう不幸な日があるのである。また、いずれいいこともあるかもしれない。しかし、句会では不幸の続くことが少なくない。

第十章 合同句集などを作ってしまった

相変わらず型から入る悪い癖

第一回目の句会が二〇〇五年三月であるから、もう七年間も句作（苦作）していることになる。進歩したり、またずるずると技量が落ちてしまったり、なかなか安定しない。たしか三十回の声の聞こえる頃だったろうか、なにか変化を求めようという気分になったのだったか。突然、合同句集を出そうという話になった。相変わらず型から入る悪い癖のメンバーは、諸手を挙げて賛成した。

物知りの枝光が、それならふらんす堂で出そうよと言いはじめた。瀟洒《しょうしゃ》な装丁だけでなく、若手実力俳人の作品を次々と刊行し、いろいろな賞も獲得している評判の出版社。自分の実力はさておいて、ともかく一流のところでやりたいという根性の面々だから、枝光の発案に興奮気味。出せば大きな賞がもらえると思ったのかもしれない（まさか）。

社主の山岡喜美子さんを昔から知っているということもあって、一切合財を元編集者の「宗匠」に任せるということになってしまった。是非を問うたら、全員が合同句集に参加するという（醸児、鬼笑、ぎょ正、茶来、枝光、少賢、蒼犬、翼、出味、敦公、南酔、北酔の十二人。この頃はまだ入海、酔花は参加していない）。正直、ちょっぴり句集上梓には早い気もしたが、走り出した船！は止めようにも止まらない。

　代表句があるかどうかは別にして、ひとり三十句がいいところだろう。それ以上になるとぼろが出そうだ。醸児をはじめとして、散文の書き手はそろっている。短いエッセイを加えたらどうだろうか。十二人参加として、ひとり十五ページぐらい。総ページ百八十ページ前後でできるだろう。大体の目安を立ててみた。どのくらい刷ればいいのか。費用はどのくらいになるのか。各人の予算もある。そんなことをざっくばらんに、山岡さんに訊ねてみた。

「記念出版ですからね。かっこいい装丁は任せてください」という前提の上、「そうね、五百部で、九十万から百万円という感じかな」というのが大体の見積もりであった。そうすると、ひとり十万円弱。まあ、その程度なら、奥さんに相談しなくても出せるだろう。メンバーに諮るともちろんＯＫ。そんな少なくていいの？などという威勢の良さである。

揺れに揺れエイヤと選んだ三十句

　問題は費用ではない。内容である。作品である。それに気づくのは少しあとになってからである。三十句をどう選んだらいいのか。自選であるから、選句眼が問われる。また無印でも、愛着のある作品もあるだろう。しかし、×印のものまで収録できるだろうか。課題は多い。

案の定、三十句を決める段になると、メンバーそれぞれが大分揺れたようである。なかにはどんどん添削するものも出てくる。あえて名は秘すが、原形をとどめないほど直した豪傑もあった。刊行後の視線が怖くなったのであろう。誰に読まれるか分からない。もちろんせっかく活字になるのであるから、いい作品を載せたい。人情である。しかし、しかし……。懊悩、苦悶、憂悶、鬱屈、鬱積などなど、なにを言っているかよく分からないほど、苦しい毎日だったようだ。締切がやってきて、結局、エイヤーと、それぞれが三十句を寄せてくれた。どんな句を選んだのか。十二人それぞれの終わりの二句を紹介しよう。なお目次は、民主主義時代のわれわれらしく、五十音順で作者を並べた。

紫雲英咲き放物線の空ひとつ　鬼笑
たたずめば青田に水脈《みお》の刹那《せつな》かな
凍蝶やどちらも行けぬ片野池　ぎょ正

羽下げてはぐれ一羽や迷い鶴

二荒の春野の木々の舞踏かな　茶来

春の野や男体山《なんたいさん》の影の先

キンコンカンばらばらばらり氷柱かな　枝光

遠山や青田の風の行き止まり

夕もやの買い物籠に葱二本　少賢

目で告げてマスクの顔と別れたり

うぐいすの初音のひびき草光る　醸児

それ逃げろ月夜畑の裸の子

大きなるマスクささえてぼんのくぼ　蒼犬

枝々を透かしてもなお寒昴

行商のマスク行き交う小樽駅　翼

アンヌプリ屋根の王冠寒昴

灯に黒くうるめいわしの腹光り　出味

凍鶴や耐えて三日の野菜掘り
大濠に白鳥の孤影夜寒かな　敦公
ひとり寝の身にしみわたる夜寒かな
凍鶴の芯のあたりのちろ火かな　南酔
寒昴近くでぐれる星もある
湯豆腐も冷めて更けゆく夜寒かな　北酔
氷柱のび寒冴えわたる飛驒の里

俺の代表句が入ってない。もっといいのがあるのにと、ぼやくメンバーもいるだろう（三十句全部を紹介したいのだが、スペースの都合で仕方ない）。ただこれだけでも、まあ、それほどひどくないことが分かる。なかなかのものである（自画自賛）。合同句集を見てもらえば、三十句の構成などにもそれぞれ配慮した跡がうかがえる。言うまでもなく、私たちの進歩である。

タイトルも決めて自画自賛

何度も繰り返すが、外見にこだわる人たちである。どんな感じの合同句集になるか、どうしてもそこに気持ちが向かってしまう。装丁はふらんす堂にお任せするしかないが、問題はタイトルである。編集者時代、口をすっぱくして「売れる・売れない」はタイトルによると言ってきた手前、ひどい書名はつけられない。自費出版だから、売れるかどうかはもちろん心配ない。ただ、口うるさいメンバーに「なるほど」と言わせなければならない。

大分、苦しんだ。もう現役ではないので、すっかり頭が錆びついている。考えた末に、『舌句燦燦』と命名した。冗舌を絵に描いたような面々である。そして、毎回、舌つづみをうっている。さらに、醸児は〈食魔人〉とも言われている。また、「舌句」は「絶句」にも通じる。いかにもふさわしい書名ではないだろうか。燦燦とは美しくあでやかなさまをあらわしている。いずれにしてもわれわれにピッタリだと、自画自賛して提案すると、大賛成してくれた。さすがと言ってくれた（内幕をばらしてしまうと、歌人・塚本邦雄に『百句燦燦』という一冊がある。歌人でありながら俳句にも造詣の深い塚本が名句百句を鑑賞したものだ。その名著が思い浮かび、ややパクリ的に命名した次第である。それこそ「東洋一」と言われるかもしれない。編集者の考えることなど、その程度なのである）。

各人の二、三ページのエッセイが作品のあとに付されている。文章のプロらしくそれがまたたのしい（大きな声では言えないが、作品よりいいかもしれない）。

○をつければ、「なぜこのヒドい句を採ったのか？」とくる。さらに枝光が開いた創《きず》口《ぐち》に塩を塗りこんでくれる（ヒーッ）。気の弱い人なら泣きだすかもしれない。ここでへこたれていては「醸句会」の同人はつとまらない。サンドバッグのようにボコボコにされても笑っていなければならない。（中略）ところがコテンパンにされても、いつの間にか、このヒリヒリした刺激がたまらなくなる。「ケナス」コミュニケーションの奥は深いというほかはない。

（鬼笑「褒めない宗匠」）

考えているうち時間がなくなり、醸児の「終わった、終わった。酒だ、酒だ」という声を聞くと、頭にカッと血がのぼり、五句はほとんど苦し紛れの作となる。すなわち、「ほたるがりランニングシャツ半ズボン」「白髪やとうもろこしの皮をむく」「成長も財産もなしおおみそか」「ハタハタのような骨ある人たらん」、である。家族にも笑われたものである。

（茶来「句会、それとも苦会」）

苦しむうちにたのしくなる。マゾヒズムの極致のような心境がつづられる。おそらく持続しているのはこういうところに理由があるのだろう。俳句結社に入れば、たしかに苦境、いやちがった、句境は上達するだろうが、どこかゆとりがなくなってくるのではないか。私たちの句会なら、家族も安心して亭主の作品を笑い飛ばせる。オトナのたのしみとしてはかなりの上位になる（そう思いたい）。

名誉教授も社長も関係ない人間関係

もうひとつ言えば、知り合い同士のクローズドな集まりということも大きい。お互いに充分相手のことが分かっている。まったくの他人ではない。意思疎通ができる。といってべたべたの関係でもない。ほどほどに距離を保っている。そこが大事なところだろう。

君子の交わりは淡きこと水の若《ごと》く、小人の交わりは甘きこと醴《あまざけ》の若し。君子は淡くして以て親しみ、小人は甘くして以て絶つ。

これはたしか『荘子』のなかの一節だ。君子などと言われれば、醸句会の本人たちがびっくりして椅子から転げ落ちるだろうが、たしかにべたべたしたした付き合いは存在しない。そこは特筆されるべきだ。醸児、南酔、出味などには、職業上の交際がある（らしい）。しかし、そのことと句会はまったく関係していない。そういう話も、醸句会にはほとんど持ち出されない。私たちオトナの慎みである。こういうマナーは交わりを長く持続させるためには必須の条件ではないか。

三人集まると、そのなかにグループができるという。交際に濃淡が生まれる。悪くすれば派閥的になる。また、偉い人が出てくる。地位を誇るタイプが生まれる。それに追随する連中。反発するグループ。俳句・短歌結社のゴタゴタは多分にそういったことと無関係ではあるまい。それがひいては作品の評価にまで影響する。多種多様な人間が集まっているのだから仕方ないという意見もあるのだが、それにしてもやや多すぎないだろうか。せっかくのたのしみが人間関係の混乱でだいなしになってはいけない。

そこへゆくと、醸句会はまことに健全。人間関係で、いやな目にあったことはない。すべて平等。作品の評価について、気遣いは無用だ。名誉教授も、社長も、専務も、平等に木端微塵、玉砕が日常茶飯事。顔で笑って、心で泣いて、つらい思いをしている（毎回の人もいる)。しかし、みな耐性のあるオトナ。じっと耐え忍び、「いまに見ていろ、俺だって」と希望だけは持っている。雰囲気は和気藹々《あいあい》ながら、ただただ自分の作品に○がつくことを願っている。そこがなによりもいいところだ。

瀟洒で芳醇な句集が完成

装丁の仕上がりは予想をはるかに上回って豪華であった。題字には金の箔押し、龍が薄ネズで描かれている。まるで天空を舞うようである。心なしか口を開いて、なにか叫んでいる様子が『舌句燦燦』にふさわしい。さらにハトロン紙で巻いてある。瀟洒である。山岡さん苦心の帯の惹句は「食楽し、酒愉し、句座に人生の哀歓を織り交ぜて十二人の芳醇な俳句集」とある。「おい、芳醇な俳句集だぜ」。つい、お互いの肩をたたき合いたくなる。惹き文句をまともに信じる読者はいないだろうが、かなり照れ臭い。しかし馬子にも衣装ということわざのごとく、どこか立派に見えてくるからおそろしい(これによって、品格・俳格が上がればいいのだが、まったく変わらないのも醸句会らしい)。

各人への頒布部数は、一律四十部。もし、それでは足りないのであれば、希望をとるということにした。六十部ほしいという人もいた。全員の希望部数を入れ、結局、六百部印刷した。六十部購入したものでも十万円を少し超えたぐらいである。ふらんす堂にはかなりサービスしてもらったのではないか。感謝、感謝である。

さて、立派な合同句集が各自の自宅に届いた。問題はそれを誰に贈呈するかである。いきつけの飲み屋だけというのも情けない。ありがたがってもらってくれなければ情けない。押しつけになってもいけない。そのあたりはそれぞれ苦労したのではないか。

私には、俳人の友人も少なからずいる。彼らに贈呈してもいいのだが、なにを言われるやらおそろしい。といって無視されるのも癪である。結構、悩んだ。そして、親切な、やさしそうな俳人におそるおそる送った。しかし、見事なまでにほとんどスルーされてしまった。まあ、当然だろう。俳句で遊んでいる連中に付き合っていられないというのがプロの感想だ。しかし、私たちと同じように句会をたのしんでいる人々からは、丁寧な、またうれしいお手紙をたくさんいただいた。感涙にむせぶというのはこういうことである。ある方など、お金を送ってくださった。それはあまりにも申し訳ないと、謹んで送り返したことは言うまでもない。

ほかのメンバーもそれぞれ関係者に贈呈し、あっという間に合同句集は消えてしまったらしい。もう少し余分にないですかと問われても、私自身、いまや手元に数冊しかない。

五十、六十冊もあるのでという気持ちで鷹揚に、いろんな人に差し上げるとすぐなくなるものだとあらためて実感した。

まわりの評判は上々であった。もらって貶す人はなかなかいない。バーなどにいって、これ見よがしに自慢したものもいたにちがいない。枝光など、昔取った杵柄《きねづか》で、新進気鋭の俳人に差し上げたらしい（恥ずかしげもなく！）。そして、誉められたなどと、にこにこしていた。まあ、社交辞令だろうがねと、付け加えていたが、まんざらではなかったようだ。

俳句も短歌も贈答文化に支えられてきた

俳句だけではなく、短歌もその点は似ている。贈答文化抜きには日本の短詩型文学は語りにくいところがある。いったいどういうことと、首をかしげる方も多いだろう。少し歌集（句集）の刊行システムを説明しておこう。

経験したことがある人なら分かるだろうが、新刊の歌集句集を買うのはかなり苦労がいる。よほど大きな書店でないと短歌・俳句コーナーはなく、書棚に並んでいないからである。しかも、講談社、岩波書店というような出版社から刊行されることはない。版元はひとりふたりでやっているような小出版社がほとんどである。部数も、多くて千部前後。ふつうは五、六百部程度。二、三千部刷るような俳人・歌人は多くない。しかし、歌集句集の刊行は旺盛で、歌人・俳人はみな読んでいる。それはなぜだろうか。

大事なポイントは大半が自費出版ということにある。短歌で、たくさんの印税をもらったのは俵万智ただひとりである。岡井隆も、馬場あき子も、歌集出版で生活はできない。いや、それどころかほとんど持ち出しである。歌壇のトップクラスがそうであるのだから、ほかは推して知るべし。歌集を刊行するお金がいるということになる。

それを関係者に贈呈するのである。だから書店に並んでいなくても、それほど痛痒を感じない。また、そうでもしないと作品を読んでもらえない。長年、短詩型に携わっていると付き合いも多くなる。すると、多くの方から歌集を頂戴することになる。一日に、四冊も五冊も、郵便受けに入っていることがある。それらのほとんどが自費出版、または記念出版である(年間、おそらく三千点ぐらい新刊歌集が刊行されているのではないか。俳句はもっと多いにちがいない)。

歌集は(句集でも同じだろうが)、一方で家集でもある。つまりその人の人生の表現なのである。子どもや孫に読んでもらいたい。自分史という作品も少なくない。短歌という表現形式を借りた自己表現なのである。文学として広く読んでもらいたいという側面と、個人の記念という部分が、織り交ざっているところに、短詩型の特徴がある。それが「読んでもらう」という行動になる。

日本舞踊などの芸事も似ているところがある。自分の成長・進歩を見てもらいたい。そのためには自分で費用を負担して、発表会などにご招待する。おそらく短歌（俳句）もそれに近いところがある。だから贈呈するのが自然なのだ。ときおり、歌集を差し上げると「お祝い」をくださる方がある。それは発表会に、「祝儀」を包んでいく感覚なのであろう。

近代文学としてどこか不純だという気持ちを持つ人もいるにちがいない。古臭さを感じるのも自然である。ただ、日本の文学・芸術はこのような空間のなかで成立・研磨されてきたことも、忘れてはならないだろう。著者がいて、読者がいて、市場という環境が成立し、そのなかで売る・買うという交換が生まれ、著者は原稿料・印税を得る。それが近代文学のスタイルかもしれないが、日本の短詩型はそこを超越しているのである。だからこそ、多くの歌人・俳人（プロから素人まで）が生まれ、競い合い、なかには斎藤茂吉や高浜虚子といった巨人も生まれるのである。その幅の広さと参加人員の多さは、世界のなかでも誇るべき文化ではなかろうか。

醸句会合同句集『舌句燦燦』もその一角をしめている。慶賀すべきことではないか。なにか続けるときは、このような記念出版を考えると、多くのメンバーの励みになる。『舌句燦燦』はその端的な例であった。

見ている人は見ているものだ

後日談もある。あるとき、丁寧なお手紙が届いた。どこかで、『舌句燦燦』を読んだのだろう。俳句歴はわれわれよりずっと長い方が、合同句集を読みながら、「私の求めていた句会は、こういうものだ。是非参加したい。そのためにはまず見学でもさせてもらえないか」というのである。なんと言っていいのやら分からないが、光栄という気持ちが湧いてきてしまった。見ている人は、見ているものだ。感動した。

といって、頼りにならない「宗匠」の一存ではなんとも言えない。そこで、メンバー諸氏に諮ってみた。手紙の主が女性であることにも、みなどこか心動かされたようでもある。甲論乙論いろいろあった。結果は、やはり遠慮してもらおうということになった。まったく知らない方である。こちらがどうしても遠慮してしまう。簡単に言えば、自信がないのである。下手くその作品を読まれるのが恥ずかしいのだ。先方の方には申し訳なかったが、お断りしてしまった。場の雰囲気を大きく変化させたくないという思いがどこかにあったのかもしれない。ご好意でお手紙をくださった女性には、済まないという気持ちがいまでもする。

しかし、醸句会のメンバーに「世間から注目される」という自信も生まれたのではないか。鼻をぴくつかせる顔が浮かんでくる（作品が評価されていると錯覚しているのかもしれない）。さて、これからどうなるのであろうか。

追伸一　醸句会、ついに海外進出

ときおり一泊ぐらいで、吟行などやろうという話が出る。温泉で、雪など見ながら鍋などいいねえと、ちがう方角からの賛成が少なくないのだが、日程がむずかしい。超多忙の醸児をはじめ、まだまだ現役で働いているものも多いからだ。合同句集刊行記念大句会も、結局、後回しになってしまった。

しかし、一年前からの調整が実って、このたびようやく実現することが決まった。しかも、海外である。二〇一二年秋、韓国釜山行が決まっている。博多に前の日に行き、フグを堪能してから、高速船で味どころの釜山に上陸しようというものである。海産物をはじめ、発酵食品の宝庫を味わってもらおうという、醸児ご推薦の目的地である。句会もいいが、おいしいものはもっといい。いまからたのしみである。

追伸二　句会は超高齢社会の格好の遊び

人類史でも例を見ない超高齢社会である。時間にゆとりが生まれる。それをどう使ってゆくのか。多くのひとに問われていることだろう。六十歳代以後のエネルギーはまだまだ豊かである。一方で、いままでのタテ社会がなくなる。そのことによって孤独に襲われるというタイプも少なくない。女性に比べ、オトコは切り替えがうまくできない。余計なことだが、天下りなどに執着するのも、新しい人間関係を構築できない不安からくるところもあるのではないか。高齢時代ゆえのヨコの関係が待望される。

俳句を通しての私たちの集まりがまさにヨコの関係である。一句に執心し（それほどではないという説もある）、〇×印に必死になり（これはほぼ同意してもらえる）、高点句に嫉妬し、自分の能力に絶望しつつ、他人の批評にキレる。爆笑・苦笑・憫笑・冷笑入り混じった濃厚な時間。そこに酒とうまいものが同居する。

二カ月に一度、こころが解放される。こういうコミュニケーションは悪くない。そのとる所以である。

き俳句は絶好の媒介になるのではないだろうか。特に六十歳を超えた男女に句会をすすめる所以である。

ロジェ・カイヨワによれば、遊びには次の要素があるという。アゴン（競争）、アレア（偶然）、ミミクリ（模倣）、イリンクス（めまい）の四つ（『遊びと人間』）。

句会には、カイヨワの要素がそのまま含まれている。参加すればすでに競争（アゴン）がはじまっている。なかには醜い争いすら発生する（それがほとんどだ。嗚呼！）。誰がトップ賞になるか。内々の名誉でしばらくたてば忘れてしまうものだ。しかし結構みな執着する（かなりである）。賞品もある。「にんじん」によって競争が掻き立てられ、さらに「にんじん」を超えて名誉のために激化してゆく。

偶然（アレア）も句会にはつきものだ。誰しも経験することであるが、ひどく調子のいいときと、まったく言葉のまとまらない日がある。その差は大きい。しかも、事前には誰も分からない。席題との相性もおそらくあるのだろう。いつも相性が悪いとつぶやくものもいる（これは相性とは言わない）。だから句会のすべてが偶然と言ってもいい。そう考えると、出会いも、友人関係も、人生すべて偶然のなせる業である。それをたのしまなければいけないのだ。季語ひとつによって、世界はまったくちがう表情になる。

模倣（ミミクリ）。すでに十七音という形式そのものが模倣のゲームと言ってもいいかもしれない。季語の存在も同じである。俳句形式というルールにしたがっているが、芭蕉や蕪村、虚子を超えた存在に、私たちがなれるわけはない。しかし、にもかかわらず俳句形式のなかでもがいている。それがおもしろい。

最後はめまい（イリンクス）。トップ賞を獲得したときのうれしさ。言葉にならないほどだ。他人に自分の作品を賞賛されたときのときめき。言うに言われぬ感動である。顔に出ないようにこらえているが、これはまさに「めまい」だ。金銭的になにか得られるものがあるわけではない。しかし、他人からの承認は私たちの生きるエネルギーの源ではないだろうか。

ギャンブルも遊びだろう。ゴルフやゲートボールという運動も同じである。映画鑑賞や読書も趣味のひとつだ。そういうなかで、句会はそれに劣らず、いやそれにもまして充実した知的な遊びなのである。歳時記一冊。紙と鉛筆。辞書でもあればいい。費用もかからない。日本人なら誰でも作ることができる。しかも他人から注がれる刺激（ありすぎるという声もある）によって、向上心が生まれる（私たちはやや怪しいが）。しかも、大事なのは、いま現在の自分をいっとき忘れることができる。この効用は想像以上に大きい。

脳への刺激は言うまでもない。そこに私たちの場合、おいしい酒が加わる。なかなかの優れものの遊びではあるまいか。何度も言うが、特に中高年者におすすめしたい。是非、同好の士を募ってはじめられたらいいと思う（まずははじめてしまうことだ）。

二カ月に一度、私たちはこれからも激烈なバトルをたのしみたい。

追伸三　はじめる前に読んでおくといい本

句会のために、どんなものを読んだらいいだろうか。

俳句入門書は、もう驚くべき点数が出ている。書店に行っても、インターネットで検索しても、あまりにも多いので呆れるほど。どれがいいのだろうか。私も試しに何冊か読んでみた。その印象で言うならば、乱暴な表現になるが大同小異である。どれを読んでもかわらない。しかも残念ながら、読了したからといって、俳句に開眼することはない。絶対にない。これだけは断言できる。

入門書を早めに卒業し、次の段階にすすむべきである。どうしても必要なのは歳時記である。携帯用と座右版、できたら二種類持ちたいものだ。前者はハンディで一冊になっているものがいいだろうし、後者は値段が少々高くてもカラー写真がある方がいいと思う。

私のように、自然に無知なものはカラー版が必携である。どんな植物か、どんな生き物なのかさっぱり分からなくて、カラー版を開くことが少なくない。

辞書と筆記用具はいまさら特記することもない。じつはこれだけでいい（おそらく醸句会のメンバーはこの程度だろう）。辞書などもいろいろある。書き出せばきりがない。

句会実況では先達がいる。小林恭二著『俳句という遊び』『俳句という愉しみ』（岩波新書）である。実力俳人を集め、句会を催し、それを紙上で再現したものである。われわれが町道場で竹刀をふりまわす「ヤットウ」とは大ちがい。飯田龍太、三橋敏雄など、いわば宮本武蔵級の剣豪による真剣他流勝負である。比較するのはかなりおこがましいが、席題による句会スタイルは私たちと同じなので、読み物としてとてもおもしろい。参考になるかどうかは疑問だが、一読をすすめたい。ただし、版元品切れなので、古書で購入するほかはない（インターネット「日本の古本屋」で検索すれば、いくらでもある）。

ある俳人の内緒話を聞いたことがある。俳人は自分の師匠筋（系列・エコール）の書籍は購入するが、それ以外の実作・俳論書には目を向けない。だから、お互いにあまり交流がないという。実際のところは確かめていないが、もしそうであると私が住人である短歌の世界とは、やや様相がちがっているようだ。歌人は、他結社のものでもわりと読む方である。

もし、それ以上準備したいという方は、やはり、俳句作品をたくさん読む必要がある。例えば、シリーズ「現代俳句の世界」（朝日文庫）のようなものはどうだろうか。高浜虚子、水原秋桜子から森澄雄、飯田龍太、高屋窓秋、渡辺白泉までの作品が十六冊の文庫に収録されたものだ。

このシリーズもすでに品切れらしいが、似たようなシリーズはいくつも出ているので、実作の参考になるだろう。ただ気に入らないのだが、付記されていることの多い作品鑑賞は私たちのレベルではあまり役に立たない。作品のどこがよくて、どこに技巧が発揮されているのか、具体的でないことが多いからだ。だからどうもピンとこない。俳人の鑑賞に頼らず、自分の目で、多くの実作を読むことがいちばん大事なのだろう。

俳句に触れ、たくさん覚え、その呼吸を応用すること。

こういう立派なことを言いながら、次のような日ばかりなのはくやしいことだ。

イメージトレーニングも充分。この間、有名俳人の作品も読んだ。俳句モードに自分を追い込み、今日こそトップ賞と、準備万端ととのえ、賞品用の大きな紙袋も用意して、勇んで句会会場へ。しかし、席題が出たとたん、ああ、ああ、ああ。あっという間に地獄へ転落。そして、あえなく撃沈！　作品ができない。時間がない。結果として……。しょんぼり今日も、手ぶらで帰宅。くやしい！　こんなことの連続である。しかし、めげないのがメンバーの美質。毎回、今回こそはトップ賞と夢を思い描き、句会を待っているのである。

あとがき

いったいどんな感じで句会が行われているか、ある日、担当編集者の小木田順子さんが視察?にいらしたことがある。本書に挿入する写真撮影も兼ねての参加だった。見ているだけでは手持無沙汰でしょうということで、強引に句作に誘いもした。

メンバーのすべてが、「宗匠のことだ。本のなかで俺の作品を誉めているわけがない。しかし、本当はちがうのだ。真の実力を気鋭の編集者になんとか知ってもらいたい」と張り切ったことは言うまでもない。当日の席題は「蚕飼《こがい》」「春暑し」「ひらめ」。じつはその日、北陸から見たこともない大きなひらめが、醸児のもとに届いた。「都寿司」によって見事にさばかれ、ほっぺたが落ちるような握りになってテーブルに並んだ。そのこともあっての出題であった。

結果はあまり言いたくないのだが、翼、敦公、蒼犬と並んで、初めて俳句を作った彼女が○印を三票獲得してしまった（こんなレベルかと呆れられてしまったのではないか）。それに反して、ひどかったのが小生である。×印が三票。そのほかすべてが無印。これには参ってしまった。メンバーの失笑・憫笑・冷笑・嘲笑・哄笑……かぎりなかった。醸児も、鬼笑も、枝光も、くやしいことに翼、北酔まで票が入っているのだ（嗚呼！）。

披講しながら、少賢という名が一向に出てこない。なんとも恥ずかしい。面子もない。後日、小木田さんから、当日のことは誰にも話していないというメールがわざわざ届いた。気を遣ってくれたのであろうか。いやはや……。

ともあれ、実力はこのようなものなのである。だからおもしろい。脱稿後のことであるからあらためて報告しておくが、最近、翼の好調ぶりが目につく。最高点を獲得する日もあるくらいである。大輪が花開いたのであろうか。しかし、それほど幸せが続くとはかぎらない（そう思いたい）。

まさに、醸句会は人生の折れ線グラフそのものである。上がったかと思えば、あっという間に転落する。長期低落傾向であっても、いつかどこかでスターに浮かびあがることがある。「座の文芸」とはよく言ったものだ。忌憚のない言葉のキャッチボールのできる仲間。得がたい場である。「俳句でもやろうか」といった軽はずみな偶然の発言が、いまや

「必然だった」ように思えるから不思議である。まだまだ続くだろう「ぬかるみ」も、みんなで渡ればたのしい道行である。

ぼろくそに言われるにもかかわらず、毎回、さまざまな賞品を提供してくださる醸児こと小泉武夫さん、南酔こと秋山洋一さんはじめ、醸句会のみなさんにあらためてお礼を申しあげる。そうそう、清記ほか事務方担当の鬼笑こと和泉功さんにも感謝。

ぼこぼこに殴っておいて、今頃言葉だけのお礼などでごまかすなどとはけしからんと息巻くメンバーも多いだろう。ミリオンセラーにでもなったら、温泉での吟行にでもご招待しましょう。

本書は、友人の中嶋廣さんが合同句集『舌句燦燦』を読んで、幻冬舎編集部の小木田順子さんにご紹介してくれたところからはじまっている。手探り状態のなかでの執筆であった。不真面目な文章だと、俳人の友人から苦言が出ないかひやひやしている。でも、仲間との句会は、本当におもしろい。騙されたと思ってはじめたらいかがだろうか。

小木田さんには、最後までお世話をかけてしまった。ありがとうございました。

小高賢（少賢）

著者略歴

小高賢《こだかけん》

一九四四年東京都生まれ。本名・鷲尾賢也。編集者、歌人。
慶應義塾大学経済学部卒業。講談社に入社し、
講談社現代新書編集長、学術局長、学芸局長、取締役などを歴任。
編集者として馬場あき子に出会い、「かりん」創刊に参加。
現在、選歌委員。歌集『本所両国』（雁書館）で若山牧水賞受賞。
その他、『眼中のひと』（角川書店）、『長夜集』（柊書房）など
多くの歌集がある。歌書に、『老いの歌』（岩波新書）、
『現代短歌作法』（新書館）、『この一身は努めたり』（トランスビュー）、
さらに鷲尾名での著作に
『編集とはどのような仕事なのか』（トランスビュー）などがある。

幻冬舎新書 278

句会で遊ぼう
世にも自由な俳句入門

二〇一二年九月三十日 第一刷発行

著者 小高 賢
発行人 見城 徹
編集人 志儀保博
発行所 株式会社 幻冬舎
〒一五一-〇〇五一 東京都渋谷区千駄ヶ谷四-九-七
電話 〇三-五四一一-六二一一(編集)
〇三-五四一一-六二二二(営業)
振替 〇〇一二〇-八-七六七六四三
ブックデザイン 鈴木成一デザイン室
印刷・製本所 中央精版印刷株式会社

検印廃止

Printed in Japan ISBN978-4-344-98279-6 C0295
こ-15-1

幻冬舎ホームページアドレス http://www.gentosha.co.jp/
*この本に関するご意見・ご感想をメールでお寄せいただく場合は、comment@gentosha.co.jpまで。

丸山学

先祖を千年、遡《さかのぼ》る

名字・戸籍・墓・家紋でわかるあなたのルーツ

日本人の90%が江戸時代、農民だったとされるが、さらに平安時代まで千年遡ると、半数は藤原鎌足にルーツがあるという。先祖探しのプロが、自分自身の謎を解く醍醐味とその具体的手法を伝授。

小泉十三　伊藤正治

ゴルフ・シングルになれる人、アベレージで終わる人

月イチゴルファーから一念発起、伊藤プロのレッスンで見事シングルになった小泉氏。だが頑固な悪癖が現れ、ハンデ11と9を行き来する泥沼に。再びプロに教えを請い、上達の法則を追究した体感レッスン書。

生島淳

箱根駅伝

正月最大のイベント、箱根駅伝。往復２００キロ超、11時間の行程には、監督の手腕、大学の生存戦略、日本長距離界の未来が詰まっている。大学スポーツの枠を超えた、感動の舞台裏を徹底分析。

伊東乾

人生が深まるクラシック音楽入門

いくつかのツボを押さえるだけで無限に深く味わえるクラシックの世界。「西洋音楽の歴史」「楽器とホールの響きの秘密」「名指揮者・演奏家の素顔」などをやさしく解説。どんどん聴きたくなるリストつき。